妾屋昼兵衛女帳面六

遊郭狂奔

上 田 秀 人

幻冬舎時代小説文庫

妾屋昼兵衛女帳面六

遊郭狂奔

目次

【主要登場人物】

山城屋昼兵衛　大名旗本や豪商などに妾を斡旋する「山城屋」の主。
大月新左衛門　昼兵衛が目をかけている元伊達藩士。タイ捨流の遣い手。
菊川八重　仙台藩主伊達斉村の元側室。新左衛門と同じ長屋に住んでいる。
山形将左　昼兵衛旧知の浪人。大店の用心棒や妾番などをして生計を立てている。
海老　江戸での出来事や怪しい評判などを刷って売る読売屋。
和津　吉野家の飛脚。武術の心得あり。
徳川家斉　徳川幕府第十一代将軍。
林出羽守忠勝　家斉の寵愛を受けた小姓組頭。
坂部能登守広吉　林出羽守が引き上げた南町奉行。
浜松屋幸右衛門　江戸で五代続いた老舗呉服屋。大奥や諸大名の御用達として繁盛している。
西田屋甚右衛門　吉原惣名主。吉原創始庄司甚内の子孫。
三浦屋四郎左衛門　吉原にある三浦屋の主。
中山陶太　南町の定町廻り同心。

第一章　女の売り買い

一

浪人者は町人として扱われた。なぜなら侍の定義から外れるからである。浪人者の娘など当然喰えない。喰うための仕事をもらうためには商人に頭を下げなければならない。

「本日の納品分でございまする。お検《あらた》めいただきますよう」

受けていた仕立ての仕事を八重《やえ》は、発注元の呉服屋浜松屋へと持参した。

「拝見いたしまする」

番頭が受け取った着物を拡げ、裾、袖、合わせの縫い目を確認した。

「けっこうでございまする。いつもながら十二分なお仕事で」

着物をたたみ直して、番頭がうなずいた。

「では、手間賃をお支払いいたしまするが、ちと主《あるじ》が菊川《きくかわ》さまにお会いしたいと申しておりまする。そちらでお受け取りを願いまする」

番頭が奥へと八重を促した。

「浜松屋さんが……」

八重が首をかしげた。

呉服屋というのは、庶民にとって敷居の高い商売であった。江戸の庶民はまず呉服屋で反物《たんもの》を買い仕立てることはなかった。大名、高禄の旗本、裕福な商人たち以外は、古着を買い、身体《からだ》に合わせる。嫁入りでもない限り、反物を買い付け、それを着物に仕立てたりなどしなかった。

それでも呉服屋が成り立つのは、季節ごとに衣服を新調するお得意さまを何人も抱えているからであった。

浜松屋もそうであった。御三家を始め、大奥、諸大名の御用達《ごようたし》をしている浜松屋は、裕福で蔵には千両箱が積んであると噂されていた。そんな浜松屋自らが上得意どころか、下請け仕事をしている浪人者の娘に会うなどあり得ない話であった。

事実、八重が浜松屋の仕事を受け始めたときも、番頭と話をしただけで、主への目通りはなかった。

「どうぞ」

戸惑う八重を置き去りにして、番頭が歩き出した。

「……はい」

仕事をもらう立場は弱い。八重はしかたなく従った。

「旦那さま、菊川さまをお連れいたしました」

奥の座敷前で番頭が膝を突いた。

「ご苦労さま。お入りいただきなさい」

「どうぞ」

応答を受けて、番頭が襖《ふすま》を開けた。

「……ごめんくださいませ」

一度廊下に座って一礼してから、八重は座敷に入った。

「では、わたくしはこれで」

番頭が下がっていった。

「お初にお目にかかります。浜松屋幸右衛門でございまする」

「いつもお世話になっておりまする。菊川八重でございまする」

名乗りを先にされ、あわてて八重が応じた。

「たしかに、お美しい。いや、番頭が話題にするはずだ」

一人浜松屋が納得した。

「あの……」

「まあ、お楽になさってくださいませ。お茶を今」

言いかけた八重を制し、浜松屋が、部屋の隅に切った炉へ向き直った。

「あっ、いえ」

断るまもなく、流れるような動きで浜松屋が茶を点てた。

「どうぞ」

「いただきまする」

濃茶《こいちゃ》を入れた茶碗を八重は受け取った。

かつては藩でも上士に数えられる名門武家の娘であったのだ。何年も茶の湯を楽しんではいないとはいえ、身についた所作は忘れていない。

　八重は見事な姿勢で茶を喫し終えた。

「けっこうなお点前《てまえ》でございまする」

　茶碗を置いて、八重は一礼した。

「いや、さすがは武家のお嬢さまだ。作法どおりでございますな」

　じっと見ていた浜松屋が感嘆した。

「久しぶりゆえ、恥ずかしい失敗《まね》をしていたと思いまするが、ご寛容いただきますように」

　八重が謙遜した。

「とんでもない」

　浜松屋が手を振った。

「ご用件をお伺いしても……」

　仕立ての仕事の手間賃は安い。十日かけて仕立てた着物でもらえるお金では、二十日ほどしか生きていけない。病に倒れたり、針の運びに気が乗らない日のことを考えれば、一つ仕事を終えたからと遊んでいる余裕はなかった。八重は失礼を承知で浜松屋を促した。

「さようでございましたな」

浜松屋が八重を見つめた。

「菊川さま、いかがでございましょう。わたくしに世話をさせていただけませぬかな」

「……妾になれと言われまするか」

すぐに八重は理解した。

「はっきり言えば、そうなりまするな」

確認した八重へ、浜松屋がうなずいた。

「いきなりのことで驚かれましたでしょうが、いかがでございますかな。住むところは、鶯谷《うぐいすだに》に用意してございます。身の回りのことをするばあやもおりますので、八重さんはなにもしなくても大丈夫で」

さりげなく浜松屋が呼び方を変えた。

「あのう……」

「もちろん、お手当はそれなりの金額を出させていただくつもりでおりまするよ。さよう、月に一両二分差し上げます」

一家四人が一両あれば一カ月生活できた。

店賃《たなちん》も食費も無料なのだ。一両二分という金額はまるまる手元に残る。女中奉公が一年で三両ほどしかもらえないことから考えても、浜松屋の条件はかなりよかった。

「いえ、あの」

「それにわたくしは妻を亡くし、独り身でございましてな。一、二年奉公していただき、親類どもが納得すれば、後添えとしてお迎えしてもよいと思っておりまする」

八重の言葉を遮って、浜松屋が告げた。

「ありがたいお話とは存じますが……」

「それは重畳《ちょうじょう》、早速、今夜にでも引き移りをしていただきますよ。八重」

また押し被《かぶ》せるように浜松屋が述べた。

「お待ちを。わたくしは、諾《だく》と申しておりませぬ。お断りいたしまする」

呼び捨てられた不快感をあらわに、八重がきっぱりと断った。

「断る……これだけの条件を。ああ、そうか。弟がいるとか聞きましたね。では、お手当を増やしましょう。月に二両。破格でございますよ。前の妾は月に一両だったのでございますから」

浜松屋が言った。

「お金の問題ではございません。妾になるつもりはありませぬ」

「……」

きっと睨《にら》まれて、浜松屋が黙った。

「では、これにて失礼いたしまする。ごちそうさまでございました」

さっさと八重は退出しようとした。

「いいのかい」

浜松屋の口調が変わった。

「なにがでございましょう」

すごみのある声にも八重は驚かなかった。

仙台藩主伊達《だて》斉村《なりむら》の側室としてお家騒動に巻きこまれ、命を狙われた八重である。

商人が声を荒らげたていどでは、眉一つ動かさなかった。

「……こいつ」

動じていない八重に浜松屋が戸惑った。

「わかっているのか。儂《わし》の誘いを断れば、今後うちの店から仕立ては出さないぞ」

浜松屋が仕事を干すと脅した。

「…………」

あきれた八重が黙った。

「儂の妾になれば、なに不自由なく生きていける。仕立物で指先を突くこともなくなるし、明日の米を心配しなくてもよくなる。そうだ。弟にも十分なことをしてやろう。御家人の株を買ってやってもいい」

下卑た笑いを浮かべながら、浜松屋が述べた。

御家人の株とは、目通りのできない身分の幕臣の系図を意味していた。その系図を買うことで、御家人となる。禄高や番方あるいは役方などの筋目で値段は変わった。同じ同心株でも、余得のある普請方などは高く、徒組《かちぐみ》など本禄しかない者は安い。もちろん、幕府は株の売り買いを厳禁し、万一露呈した場合は改易切腹が命じられた。しかし、借財で首の回らなくなった御家人にとって、株は最後の頼みの綱であり、また、金はあっても身分が低い商人にとってみれば、簡単に身上がりをする方法である。密《ひそ》かに株の売り買いはおこなわれていた。

「ご免くださいませ」

馬鹿らしくなった八重は席を立った。

「後悔するぞ」

「…………」

まだ言いつのる浜松屋に応えず、八重は店を出て行った。

「作蔵《さくぞう》、作蔵」

「なにか」

浜松屋に呼ばれた番頭が、顔を出した。

「ちっと世間というものを教えてあげなさい」

「……へい」

命じられた作蔵が一礼した。

手間賃をもらえず長屋へ戻ってきた八重のもとに、家主が現れた。

「菊川さま、申しわけないが、この締めで長屋を空《あ》けてもらいたい」

家主がすまなさそうな顔で告げた。

「なぜでございましょう。店賃は遅れておりませんが」

八重が理由を問うた。

長屋の店賃の支払いは、何通りかあった。一日ごとに支払う日払い、十日ごとの十日締め、月末に翌月分をまとめて払う月締め、節季ごとの節季払いなどである。

八重のいる長屋は十日締めであった。

もちろん、八重はきっちり店賃を支払っていた。

「勘弁しておくれ」

家主が首を振った。

「……浜松屋さんですね」

隠す家主に、八重は悟った。

「早速でございますか」

「すまないとは思うが、このあたりの地所をほとんど持っているあの人に逆らうわけにはいかないのだよ」

家主が頭を下げた。

「さようでございますか。承知いたしました」

首肯して八重は荷造りを始めた。

「ああ、締めは明後日だから、そんなに急がなくても」

「いえ。ここにいては、身の危険がございましょう」

あわてる家主へ、八重が言った。

女の一人暮らし、それも仕立てで日当を稼ぎ食べているのだ。着替えなど風呂敷一つあればすむほどしかないし、鍋釜も一人ではたいした量ではない。

八重は半刻《はんとき》(約一時間)で引っ越しの支度を整えた。

「一度妾奉公に出たのだろう」

かつてもこの長屋に住んでいた八重は、弟を世に出す金を得るため、妾屋をつうじて身を売った。もっともどこへ奉公に出たかは、秘されていた。とはいえ、噂は残る。家主がなだめるような声を出した。

「浜松屋さんの言うことを聞いたほうがいいよ。このあたりでは一番の老舗だ。浜松屋さんに睨まれた者に、長屋を貸したり仕事を世話したりする人はいないから」

「では、お世話になりました」

説得する家主へ、八重は別れを口にした。

「あ、ああ」

家主が呆然《ぼうぜん》と見送った。

己の住まいだったところを出て、八重は向かいの長屋へ向かった。

「大月《おおつき》さま」

「……八重どのか」

なかから応答があった。

「よろしゅうございましょうや」

「しばし、待たれよ。今開ける」

大月新左衛門《しんざえもん》は、敷きっぱなしの夜具を丸めて、部屋の隅へ押しやった。

「やあ、お待たせをいたした……」

戸障子を開けた新左衛門は、八重の姿に目を見張った。

「どうなされた」

荷物を背負ったうえ、両手に風呂敷包みを持った八重へ、新左衛門が問うた。

「長屋を追い立てられました」

路地へ出てきて様子を見計らっている家主を八重が見た。

「それはまたなぜ」

新左衛門は家主を睨みつけた。

「……………」

家主が目をそらした。

「説明をさせていただきますゆえ、山城屋《やましろや》さんへご同道お願いできましょうや」

「……承知つかまつった」

すばやく両刀を腰に落とした新左衛門は八重の荷物を手にした。

「お持ちしよう」

「では、これを」

八重が右手の鍋釜を渡した。

「そちらもお貸しなされ」

「これは……」

もう一方へも手を伸ばそうとした新左衛門を、八重は制した。

「襦袢《じゅばん》などが入っておりますれば」

中身は下着などだと、恥ずかしそうに八重が頬《ほお》を染めた。

「…………」

新左衛門も顔を紅くした。

「……参りましょう」

八重が先に吾に返った。

半歩下がった状況で、新左衛門に八重が従うような形で、二人は山城屋へと移動した。

新左衛門と八重の関係は複雑であった。

大月新左衛門はもと仙台藩士で、馬廻り役に相当する江戸詰め騎乗を務めていた。そこへ八重が藩主斉村の側室としてやってきた。莫大な借財をどうするかでもめている藩内に新たな寵姫《ちょうき》の登場である。伊達の血筋を守ろうとする守旧派、持参金付きの養子を迎えて財政好転をもくろむ財務派、その当然、どちらもが八重を使って藩主を自陣へ取りこもうとする。

八重を道具にする。

その方法はいくつもある。金で籠絡《ろうらく》して、思うように操る他に、殺すことで斉村に衝撃を与えるという使いかたもあるのだ。

事実八重は跡継ぎを孕《はら》むかも知れないとして財務派から命を狙われた。新左衛門は、そんな八重の警固を命じられた。

藩主側室と下級藩士、決してまじわることのない二人は、幾度と命の危機を乗りこえて、強い絆で結ばれ、斉村の急死を受けて八重が仙台藩から放逐されたとき、新左衛門もともに藩籍を外れ、浪人となった。

それ以降、互いのことを憎からず思いながら、新左衛門は旧主の寵姫である八重に遠慮し、八重は側室だったという経歴を恥じ、二人の距離を縮められなかった。

その二人に転機が訪れた。

十一代将軍家斉《いえなり》の寵臣、小姓組頭林出羽守忠勝《はやしでわのかみただかつ》が大奥に巣くう病変へ、荒療治をする手駒として八重を選び、大奥へ送りこんだ。八重にしてみれば、ずっと守ってくれていた新左衛門と離され、新左衛門にすれば手の届かないところへ八重が連れ去られてしまった。やはり命を狙われた二人は、隣に相手がいないことのむなしさに気づいた。

そうして、ことを終えた後、再会した二人の間は、大きく近づいていた。

八重が新左衛門を頼ったのもその表れであった。

「山城屋どの、おられるか」

「お邪魔をいたしまする」

路からなかにいる人の顔が見えないよう長めに作られた暖簾《のれん》をかき分けて、二人が山城屋へ入った。

「おや、お珍しい」

板の間の奥、結界と呼ばれる囲いのなかで帳面をつけていた山城屋昼兵衛《ちゅうべえ》が顔をあげた。

「おそろいでどうなさいました……いや、その荷物は」

結界から出て上がり框《かまち》まで来た昼兵衛が首をかしげた。

「八重どのが、長屋を追い出されたのだ」

新左衛門が口を開いた。

「長屋を……」

「恥ずかしいことでございまするが……」

怪訝《けげん》な顔をした昼兵衛の求めに、八重が説明した。

「……ほう」

昼兵衛の目が細められた。

「つきましては、まことに厚かましいお願いではございまするが、こちらの二階に間借りをさせていただけませんでしょうか」

八重が頼んだ。

妾屋の二階は、次の奉公先を探す女たちの寝泊まりする場所でもあった。特定の旦那だけを相手にする妾である。妊娠した場合の煩雑さは、不特定多数の男と寝る遊女とは違う。それこそ、大名家のお世継ぎとなることもあり得るのだ。

よって妾は、新しい奉公先を決めるまでに三カ月の猶予を持つのが慣例であった。三カ月あれば、妊娠しているかどうかはわかる。この三カ月の間に妊娠した子は、先の奉公先の血を引く者として扱われる決まりである。その見極めのため、妾たちの多くが三カ月を妾屋の二階で過ごしていた。

「どうぞ。いつまでもおいでくださいまし。お家賃はいただきますが」

「ありがとうございまする」

八重が手を突いた。

「では、どうぞ、お二階へ。大月さま、荷物を上へ運ばれたならば、わたくしのところへ」

「わかった」

昼兵衛の指示に、新左衛門が首肯《しゅこう》した。

妾屋の二階は女の場所である。ここで、妾奉公のよい先を探している女たちは、寝起きするだけでなく、己の商売道具である身体の手入れもおこなう。男が長居していいところではなかった。

「なんじゃ、山城屋どの」

すぐに新左衛門は降りてきた。

「……みょうな連中はいませんでしたか」

「しっかりいたな。長屋を出たところから、二人ついてきた」

昼兵衛の問いに、新左衛門は答えた。

「それがあるから、八重どのは、拙者に同道を求められたのであろうが」

「理由を求められますな。男も女も困ったときほど、好きな人に甘えたいものでございますよ」

雀よけのかかしだと卑下する新左衛門を、昼兵衛はたしなめた。

「甘えられていかがでございましたか」

「……悪くはない」

訊《き》かれて新左衛門が答えた。

「でございましょう。八重さんが甘えるなど、そうそうあることではございませぬ。しっかり堪能なされませ」

「…………」

昼兵衛の言葉に、新左衛門がはにかんだ。

「で、どうなさる」

「吾も長屋を出る。大家といえば、親も同然、店子といえば、子も同然のはずだ。それをあっさり捨てるようなやつに、一文たりとても金を渡したくはない」

新左衛門が告げた。

「ならば、新しい住居が見つかりますまで、店で寝泊まりなさってはいかがでございましょう。宿代は要りませぬ」

「用心棒代わりか」

「……さようで。大月さまが一階におられれば、二階も安心でございましょう」

「お世話になる」

すぐに新左衛門が一礼した。

「では、ちょっとお願いしますよ」

昼兵衛が腰をあげた。

「どこへ行かれる」

「林出羽守さまにお目にかかってこようかと」

訊かれて昼兵衛が答えた。

「……林出羽守さま……」

「なに、責任を取っていただくだけでございますよ」

昼兵衛が述べた。

二

林出羽守忠勝は、将軍家斉の寵臣であった。それもお側《そば》去らずと言われるほどの寵愛を受けていた。

その大元は男色であった。林出羽守はまだ前髪をつけていたころから、西の丸の将軍世子だった家斉に仕えていた。そこで、林出羽守は家斉の相手を命じられた。もっとも、家斉がさっさと女に目覚めてしまったため、肉体の関係はさほど長くは続かなかったが、それでも男色の相手までしたのだ。家斉が林出羽守を信頼したのは当然であり、林出羽守が家斉に忠誠をささげるのも不思議ではなかった。お側去らずは、家斉が大奥へ入るまで離れない。さすがに男子禁制の大奥へ入るわけにはいかないため、そこで仕事は終わり、下城を許される。

「お帰りなさいませ」

暗くなってから屋敷へ戻った林出羽守は、用人の出迎えを受けた。

「山城屋がお目通りを願っておりまする」

「浅草のか」

「はい」

「とおせ」

確認した林出羽守は、昼兵衛を居室へ案内させた。

「下城したばかりだ。悪いが、着替えをさせてもらう」

家臣に手伝わせながら、林出羽守が袴《はかま》を外した。

「けっこうでございまする。ご多忙は存じておりますれば」

昼兵衛も平気な顔で応じた。

「どうした」

「じつは……」

先ほど八重から聞いた話を昼兵衛がした。

「それがどうかしたのか」

わからないと林出羽守が首をかしげた。

「責任をお取りいただきたく」

「吾にか」

「はい」

「意味がわからんぞ」

当たり前だといった顔で首肯した昼兵衛に、林出羽守が困惑した。

「いえね。八重さんを大奥へお召し上げにならなければ、とっくに大月さまと夫婦になっておられたでしょうから、このような目に遭うこともございませんでした」

「言いがかりも甚《はなは》だしいぞ。男女の仲など、いつどう転ぶかわからぬであろうが」

林出羽守があきれた。

「…………」

昼兵衛が声をあげずに笑った。

「大奥の一件、褒美が足らぬと……なにをさせたい」

笑いの意味に林出羽守が気づいた。

林出羽守の言う大奥の一件とは、将軍家斉の愛妾内証《ないしょう》の方《かた》の産んだ姫が、命を狙われたことだ。男の入れない大奥での対処に、林出羽守は、御殿勤めの経験があり、肚の据わった八重を使った。その仲立ちと後援を昼兵衛がした。

「さすがは出羽守さま、話が早い」

「端《はな》からその気であろうに」

褒める昼兵衛に、林出羽守が苦笑した。

「御用人さまに、浜松屋から問い合わせがあったとき、なにも言わずに追い返してくださるようにお命じいただきたく」

「吾を脅しに使うか」

林出羽守が嘆息した。

「聞こえの悪いことを仰せられまする。脅しなどとんでもない。ただ、反応しないでいただきたいとお願いいいたしておるだけで」

昼兵衛が首を振った。

「よいのか。吾に恩を売らせて。また、八重を大奥へ召し上げるやも知れぬぞ。あれ以来、お内証の方さまが、八重をずいぶんお気にいられてな。是非、側に欲しいと仰せなのだ」

また八重を大奥へ入れるぞと林出羽守が述べた。

「恩などあろうがなかろうが、出羽守さまは上様のおためならばなさいましょう」

やる気になれば、権力を持った者は強い。昼兵衛は恩と思わないと言った。

「……吾にそのような口をきくのは、山城屋、そなただけだ」

林出羽守が感心した。将軍の寵臣である林出羽守は、小姓組頭でしかないが、その権力は老中にも匹敵する。誰もが媚びを売る林出羽守に、堂々と昼兵衛は渡り合った。

「そなたが妾屋でなければと心から思うぞ。御上御用達として、江戸の商家をまとめさせてやるものを」

「とんでもございませぬ。わたくしができるのは、妾となった女を守ってやることだけ。それ以上はとても」

大きく昼兵衛は手を振った。

「ふん」

鼻先で林出羽守が笑った。

「どうだかわからぬが、まあいい。先日の礼だ。おい」

そう言って、林出羽守が手を叩いた。

「なにか」

用人が顔を出した。

「聞いていたな」

「はい。承りましてございまする」

林出羽守の問いに、用人がうなずいた。

「あと、金を……そうだな。二十両ほど用意してやれ」

「承知いたしました」

用人が下がった。

「長屋の代わりとなる家でも買うといい。家がいくらするのかは知らぬが、足りないぶんは、己で出せ。分に過ぎたまねをしなければ、どうにかできるだろう。では、また会おう」

林出羽守が面会の終わりを宣した。

二十両の金をもらって帰途についた昼兵衛の表情は硬かった。

「恐ろしいお方だ」

昼兵衛は震えていた。

「出羽守さまは、人を動かす機微を承知しておられる。名前を使うことだけでなく、要求もなかった金を出す。儂が八重さんの代理でしかなく、受け取りを拒めるわけないことを承知したうえでだ。儂が金を持ち帰れば、八重さんもどうしようもない。返すなどという失礼なまねはできない。それこそ、恥を掻《か》かせたことになりかねない」

武家は面目を重んじる。恥を掻かされたならば、雪《そそ》がなければならない。金を返すには、林出羽守を敵に回す覚悟が要る。

「貸しがなくなったな」

難しい顔を昼兵衛がした。

「とはいえ、小姓組頭さまにいつまでも貸しておけるものでもなし。向こうが借りだと思っていてくれる間に、十分なものをいただくしかない。よい落としどころだったと考えるしかないな」

昼兵衛は納得した。

「まあ、出羽守さまのお名前を使うことを許してもらったのだ。今回限りとは決めてないでな」

小さく昼兵衛は笑った。


翌朝、昼兵衛は新左衛門を供にして店を出た。

「日当は一分で」

「いや、住まわせてもらっているのだ。風呂代と食費が出ればいい。三百文くれ」

新左衛門が値下げを言った。

一分は銭の相場で上下するが、およそ一千文から一千五百文ほどである。人足の日当が二百五十文ほどであることから考えれば三百文でも十分な金額だったが、用心棒代としては破格の安さであった。

「では、五百文で」

昼兵衛が間を取った。

「すまんな」

好意に新左衛門が礼を言った。

「……いますかね」

店を出てすぐに昼兵衛が問うた。

「三人、ついてきているようだな」

新左衛門が尾行の気配を確認した。

「お店者でございましょうか」

「いいや、雰囲気がかなり剣呑《けんのん》だな。どこぞの地回りだろう」

店の者を使っているかという昼兵衛の質問に、新左衛門は首を振った。

「やれやれ、浜松屋といえば、表通りに店を構える大奥御用達。それが、裏へ回ると女を無頼で脅すていどとは……」

昼兵衛がため息をついた。

「来るぞ」

足音が近づいた。新左衛門が警告した。

「ちょっと待ってもらいてえ」

背後から声がかかった。

「…………」

無視して二人は進んだ。

「おい、聞こえているだろう。妾屋、てめえのことだ」

「見知らぬ人からてめえ呼ばわりされる覚えはございませんよ」

昼兵衛が振り返った。

「女衒《ぜげん》風情が、人並みの口をきくんじゃねえ」

でっぷりと太った無頼が、睨みつけた。

女衒とは、貧しい農村などへ出向いて、娘を安く買いたたき、吉原や岡場所へ高く売りつける者のことだ。

「わたくしは、まっとうな人入れ稼業でございますよ。博打《ばくち》の形に女房を取りあげて、売り飛ばすようなまねなどいたしませぬ」

　痛烈な皮肉を昼兵衛が返した。

「この野郎、一人前の口を叩くじゃねえか。二度とそんなことが言えないように、してやろう」

「おや、いきなりですか。おもしろくありませんね。どういう理由をつけてかかってくるのか楽しみにしていましたのに。今どきのやくざ者は、頭が悪くてどうしようもありませんな」

　大きく昼兵衛が嘆息した。

「なに、殺しはしねえよ。でなきゃ、女の居場所を訊き出せないからな」

「女……どのお方でしょうかね。たくさんいすぎて、わかりません。妾屋に問うなら、もうちょっと考えてもらわないとね」

　昼兵衛が嘲笑した。

「ふざけやがって。おい、かまわねえ。足と手を折ってしまえ」

　太った無頼が左右に控えていた若い無頼に命じた。

「やっと出番だな」

新左衛門が前に出た。

「二本差し、黙って見ていろ。そうすれば、なにもしねえ。端金《はしたがね》で雇われて、大怪我でもしたら意味ねえだろう」

太った無頼が嘲笑した。

「それが、端金じゃないんだよ」

太刀に手を掛けながら、新左衛門が言った。

「いくらもらった」

右にいた若い無頼が、興味を見せた。

「おい、伊三《いさ》」

「いいじゃねえすか、相撲力《すもうりき》の親方」

伊三が笑った。

「知りたいか。一日五百文よ」

「たった五百文……」

「あほらしい」

「ひどいものだ」

若い無頼二人があきれ、相撲力が哀れんだ。

「そうか。五百文あれば、一日どころか二日生きていける。人が二日生きていける金を端金とは言うまい」

新左衛門が胸を張った。

「五百なんぞ、女郎にやっても喜びゃしねえよ」

左手にいた若い無頼が笑った。

「あいにく、遊女をしたことがないのでな、そのあたりはわからん」

「なめた口を……」

首を振る新左衛門に隙を見たのか伊三が、懐から匕首《あいくち》を抜き突っこんできた。

「……ふん」

右へ半歩動いた新左衛門が、太刀の柄《つか》をまっすぐに突き出した。

「ぐえええええ」

突き出す勢いと己の動きを合わせた威力で、鳩尾《みぞおち》を打たれた伊三が、嘔吐しながら転がった。

「馬鹿野郎。ちゃんと相手を見てねえからだ」

相撲力が怒った。

「矢太《やた》、行け」

「へい」

言われた左の若い無頼が、匕首を右手で振り回しながら、近づいてきた。

「おら、おら、当たれば切れるぞ」

「当たればな」

新左衛門はあきれながら、矢太を見た。

「減算はできるか」

「なんだあ」

話しかけた新左衛門へ、矢太が応じた。

「算術の一つだ。大きな数から小さな数を引くことを言う」

「できなきゃ、釣りがわからねえだろう」

矢太が言い返した。

寺子屋にかよった経験がなくとも、江戸の庶民は足し算、引き算くらいはできた。

いや、できなければ、買いものができないのだ。

「なら、太刀と匕首、どっちが長い」

言いながら新左衛門は太刀を抜いた。

「……ひっ」

目の前に切っ先を突きつけられて、矢太が止まった。

「そこから、匕首は届くか」

新左衛門が、太刀の切っ先を小さく上下させた。

「なにをしている。届かなければ投げろ。当たれば、勝ちだ」

相撲力が怒鳴った。

「そ、そうでやした」

あわてて矢太が、手を後ろへ振りかぶろうとしたのを追うように新左衛門が半歩踏みこんで太刀を小さく上下させた。

「あれっ……」

矢太がふらついた。

「どうした」

避けようと動きもしなかったのに体勢を崩した矢太へ、相撲力が問うた。

「……えっ」

矢太が、変な顔をした。

「手が軽い……」

「おぬしの右手ならば、そこに落ちてるぞ」

新左衛門が切っ先で、目の前の地面を指した。

「……わ、わああ」

「………」

血まみれの手が落ちているのに気づいた矢太が悲鳴をあげた。

相撲力の顔色が蒼白になった。

「どうする。やるというなら、それでもいいぞ」

わざと大きく太刀を回した新左衛門が、切っ先を相撲力へ向けた。

「……手下の面倒を見るのは、親方の務めだ。怪我人を置いて、意地は張れない。

ここは引いてやる」

相撲力が、後ずさった。

「ものは言いようでございますな」

昼兵衛が相撲力の逃げ口上を笑った。

「そうだな」

同意しながら、新左衛門は太刀を布で拭きあげた。血が付いたままだと、錆《さ》びるのだ。もっとも一日や二日でそうなるものでもないが、血は固まると取れにくい。できるだけ早く清掃するにこしたことはなかった。

「行きましょうか、大月さま」

「ああ。でもいいのか。野次馬もいるようだ。一応町方に届けたほうが」

新左衛門が危惧した。

「どうということはございませんよ。このあたりを縄張りとしている岡っ引きなら、無頼の喧嘩は死人が出ても無視するのが決まりのようなもので」

昼兵衛が述べた。

「ろくでもない連中が潰《つぶ》し合ってくれれば、幸いだと御上はお考えなのでございますよ」

冷たい口調で昼兵衛が告げた。

「……ろくでもない者か。浪人なんぞ、その最たるものだろうよ。自ら耕さず、作らず、商わず、ただ使うだけ」

歩きながら、新左衛門は自嘲した。

「別に浪人だけではございませんよ。御上にとって、庶民なんぞ、どうでもいいものでございますから。御上はわたくしたちを相手にしていません。大名、旗本、百姓、そして一部の豪商だけが、御上の言う民でございますから。だから、妾なんて商売が成り立つんですよ。女が一人で喰えないから、身体を売る。明日の米の心配がなければ、誰が好きこのんで、何人もの男に抱かれるものですか」

昼兵衛が吐き捨てた。

「………」

弟を世に出すため、女の初めてを伊達斉村に売った八重を見ているだけに、新左衛門はなにも言えなかった。

「着きました。大月さま。外でお待ちを」

浜松屋の前で、昼兵衛が言った。

「承知した。なにかあれば、大声をあげてくれ。すぐに駆けつける」

新左衛門がうなずいた。

三

「ごめんなさいよ。浜松屋さんにお目にかかりたい。わたくしは浅草で人入れ稼業をしております山城屋昼兵衛と申しまする」

一人店に入った昼兵衛が要求を番頭に伝えた。

「浅草の山城屋さん……あいにく主は他行しておりまして」

名前を聞いた番頭の作蔵が少し考えて留守だと言った。

「お留守でございましたか。では、いたしかたございません。御小姓組頭林出羽守さまからお言伝《ことづて》をお預かりしてきたのでございますが……お目にかかれなかったとご報告いたしましょう。では、お邪魔をいたしました」

あっさりと昼兵衛は退いた。

「林出羽守さま……それはまことで」

作蔵の顔色が変わった。

小姓組頭は名門旗本でなければ、就けない役目である。だが、老中や若年寄とは比肩するまでもなく、勘定奉行や奥右筆、長崎奉行らほどの重職ではなかった。

政《まつりごと》にかんしては、無力と言って差し支えない。

しかし、林出羽守は別格であった。なにせ、将軍が林出羽守の進言をすべて受け入れるという評判の寵臣なのだ。

「し、しばしお待ちを」

「旦那のお帰りをのんびり待っていられるほど、わたくしは暇ではございませんので」

あわてる作蔵へ言い捨てて、昼兵衛は浜松屋を出た。

「早かったの」

「居留守を使ってくれましたので」

昼兵衛が苦笑した。

「馬鹿だな。わざわざ会いに来たのだ。話くらいは聞かねばなるまいに。でなければ、状況がわからず、手を打つことさえできない」

新左衛門があきれた。

「店へ戻りましょう。そのうち向こうから来るでしょう。先ほどの御礼もしなければいけません。しっかりと歓迎してあげなければ」

「ああ」

「大月さま、朝はすませられましたか」

「まだだ。二階の女たちは誘ってくれたのだがな。どうも、女に囲まれて飯を喰うのは気詰まりでいかん」

　問われた新左衛門が情けない顔をした。

「たしかにあられもない姿すぎますな。一度説教しなければいけません。妾は見た目が勝負とはいえ、肌を安売りする癖がついては、下卑まする。本当にいい旦那というのは、どれほどの美形であっても、露骨な女を好まれません。恥じらいをなくした女は、ただの閨《ねや》道具。遊女はそれでいいかも知れませんがね。妾は奉公人なんですよ。控えめでなければ……なにより、男は飽きますからね。いかに美しい顔かたちであろうが、豊かな胸であろうが、細い腰であろうが、見せつけて喜んでくれるのは最初だけ。見慣れてしまえば、それまでなんですよ」

「……返答に困る。それほど女を見てきていない」

　昼兵衛の話に、新左衛門が困惑した。

「女を知らないわけではございますまいに」

初《うぶ》な反応をする新左衛門に、昼兵衛は小さく笑った。

「たしかに、知っている。だが、武家というのはけっこうややこしいものでな。好いた惚れたで情をかわすわけにはいかぬのだ。家というものがついてまわるでな」

「…………」

昼兵衛は黙って、新左衛門を見た。

「武家は面目を非常に重んじる。婚姻も血筋を残すためにする。ゆえに当人の思いは二の次三の次になる。もちろん、女の美貌に惚れて婚姻をすることもある。滅多にないがな。もっとも、これには条件がある。男の格が女の家よりも上か同格のときでなければ、押しとおせぬ。ただし、男の格が高すぎるとなりたたぬ。親戚縁者が許さぬのだ。格の違う家を一族にくわえるのをな」

「面倒でございますな」

「ああ。今から思えばな。さすがに、縁の内談があった段階でさりげなく顔を合わせるようになって、初夜で床入りするまで女の顔を見ていないというのは、なくなってきたがな。それでも二人きりになることはない」

新左衛門が同意した。

「それでは、お武家のお嬢さまは、皆さま、床は初めてのお方ばかりと」

「表向きはな」

「……ほう」

昼兵衛が興味を見せた。

「初の床入りで、女が処女《おとめ》でなかったとしよう。ただし、女が再嫁の場合は別だぞ」

「当然でございますな」

必須の条件を口にした新左衛門に昼兵衛はうなずいてみせた。

「男が格上で狭量だと、翌朝仲人を呼びつけ、妻を送り返す」

「よろしいので、お名前に傷がつきましょう」

武家にとって離縁も恥の一つである。

「しかたないのだ。家の血筋が狂うかも知れぬからな」

「なるほど。婚姻前に他の男の胤《たね》を宿しているかも知れないとなれば、生まれた子供の正統さが疑われまするな」

「武家にとって血はなによりも重い。仲人は不明を恥じて女を引き取り、実家は後日婿に相応の詫びをしなければならない」

「実家もたまりませんな。女も世間へ顔を出せなくなりましょう」

「ああ。実家は後ろ指をさされ、女は生涯飼い殺しか、仏門だな。相手の男がわかったときは、責任を取らせるがな。それも向こうが格上だと、泣き寝入りになる」

「婿が格下のときはどうなりますので」

「なにも。そのまま婚姻を続けることになる。まあ、たいがい女に問題があるときは、苦情も言えないような格下に押しつけるしの。押しつけられたほうは、文句を付けない代わりに、妻の実家からかなりの引き立てを受ける」

「……嫌な話ですが、そのていどならば、ちょっとした商家でもままやっておりますからな」

昼兵衛はよくある話だと言った。

「人というものは、身分で変わらぬということか」

新左衛門が嘆息した。

「ところで、大月さまはどこで女を」

話を昼兵衛が蒸し返した。

「言わせるな。貧しい武家だぞ。吉原《よしわら》にかよえるほどの金などないからな。さすがに船饅頭《ふなまんじゅう》や夜鷹《よたか》を買いはせぬが、せいぜい深川か柳橋の岡場所へ年に数回行くていどだった」

苦い表情を浮かべながら新左衛門が答えた。

船饅頭は、大川端に浮かべた船に客を連れこむ。夜鷹は、手にした筵《むしろ》を他人目《ひとめ》のないところへ敷き、その上で身体を開く。どちらも最下級とも言える遊女である。岡場所で病を移されて、明るいところではまともに見られない容姿になった女や、歳老いて客がつかなくなった遊女のなれの果てであった。

「岡場所でございますか。昨今は町奉行所も手入れをしないので、安心だそうでございますな。おかげで岡場所は殷賑《いんしん》を極め、代わって吉原は閑古鳥だとか」

昼兵衛が述べた。

岡場所とは、江戸言葉である。岡とは正式ではないとか、道に外れたなどの意味で、岡場所とは、御上の許しを得ていない遊郭を指した。

江戸で公認されている遊郭は、吉原だけであった。

初代将軍徳川家康が関ヶ原へ出陣するとき相模《さがみ》の浪人庄司甚内が、見目麗しい遊女に湯茶の接待をさせ、戦勝を祈らせた。その礼として、家康は庄司甚内に江戸の遊女取締役を命じ、吉原という遊郭を作らせた。遊女を一カ所に集めることで、管理しやすくするだけでなく、天下人の城下町の風紀が乱れないようにしたのだ。

「吉原はご免色里《いろざと》でございますからなあ。いろいろしきたりにもうるさいようで」

難しい顔を昼兵衛がした。

施政者の思惑はどこにあれ、吉原は幕府から認可を与えられたご免色里として、江戸の夜に君臨した。

当然、吉原は矜持《きようじ》を持った。なにせ、家康に目通りを許された遊女がいたのだ。吉原は、遊女の一部に太夫《たゆう》という名称を与え、松の位を持つとまで豪語した。

松の位とは従五位のことである。かの赤穂浪士事件の発端となった浅野《あさの》内匠頭《たくみのかみ》が従五位であったことからわかるように、かなり上位である。

もちろん僭称《せんしよう》であった。朝廷が遊女に官位を与えるはずなどない。だが、家康の許しというのは、それだけの重みがあった。黙認とはいえ、太夫は松の位を名乗り、大名の枕席に侍《はべ》った。

そんな太夫を頂点にいだくのだ。吉原に属する他の遊女たちが太夫のまねをしても不思議ではなかった。いや、吉原の遊女屋の主たちが、偉そうに振る舞うのを奨励した。

吉原は世間とは違う。吉原では客ではなく遊女が主だ。こうして、吉原は女郎買いに箔を付けた。

「一度目では遊女と口もきけない。二度目ではまだ身体に触れられない。三度目でようやく閨ごとはできるが、遊女の許しが出るまで、口吸いは御法度。ふざけているとしか思えない決まりでございますからな」

昼兵衛が苦く顔をゆがめた。

「行ったことはないが、そこまで面倒なのか」

聞いた新左衛門が驚いた。

「女を抱きたいから、遊女を買うわけで。それが犬じゃあるまいし、お預けを二度も喰らわしていたんじゃ、客が逃げるのは当たり前」

「……当然だ」

「だからその日に女を抱ける岡場所が生み出され、流行《はや》ったわけでございますよ」

納得した新左衛門へ、昼兵衛が言った。

「おっと行きすぎるところでございました」

昼兵衛が足を止めた。

江戸は独身男が多い。地方で喰い詰めた者が、天下の城下町へ来ればどうにかなるだろうと思って集まってくるからだ。仕事口を探して旅してくるのは、男がほとんどである。また、浪人した者も江戸へ出てくる。国中の大名が集まる江戸ならば、仕官先が見つかるかも知れないと淡い期待を抱いているのだ。

やってくるのは男ばかり。当然、女が不足する。となれば、夫婦になれる者が少なくなる。それこそ、女一人に婿五人なのである。男は女に選んでもらうよう努力しなければならない。職人ならば独り立ち、商人ならば番頭にならないと、まず嫁の来手はない。女も明日の食事の心配をしなければならない相手は遠慮したい。

男やもめばかりの結果、江戸では外食と遊女が発達した。

昼兵衛いきつけの飯屋味門《あじと》もそうした一軒であった。独身男の食事と酒を握るだけに、味門は、早朝から日が暮れるまで開けていた。

「飯としじみ汁を。あと漬けものを二人分」

「はい」

昼兵衛の注文を、女将《おかみ》が受けた。

商都大坂ほどではないが、せっかちな江戸の男は早飯である。どんぶりに山盛りとなった飯へ汁をかけて、二人はあっという間に食べ終わった。

「さて、店に浜松屋は来ているかの」

手ぬぐいで口をぬぐった新左衛門が問うた。

「まだでございましょう。少なくとも林出羽守さまのもとへ、問い合わせてからでしょうなあ」

白湯《さゆ》を口にしながら、昼兵衛が答えた。

「手は打ってあるのでござろう」

「はい」

確認に昼兵衛はうなずいた。

「番頭を使いに出して、その結果待ちでしょうからね。早くて昼前でしょうか」

昼兵衛が予想した。

「遊んでいてもお金にはなりませんから、店に戻って帳面でもいたします。行きましょう」

「ああ」

促されて新左衛門も立ち上がった。

四

妾屋の商売は、客と女で成り立っている。

店に帰ってきた昼兵衛に番頭が急いで近づいてきた。

「あ、旦那さま」

「どうかしたのかい」

雪駄を脱ぎながら、昼兵衛が訊いた。

「さきほど、大津屋さまがお出でになりまして……その、まだかと」

「やれ、急《せ》かしに来られたのかい」

結界のなかへ腰を下ろしながら、昼兵衛が嘆息した。

「大津屋さんの条件が、ちょっと厳しすぎるからねえ。これはという女がいないんだよ。手間はかかりますと、最初にお断りしたんだけどね」

昼兵衛が首を振った。

「どうかしたのか」

「いえ、ご要望いただいた女が、なかなか見つかりませんのでね。その催促でございました」

新左衛門の疑問に昼兵衛が答えた。

「困りましたねえ」

妾屋の悩みは、客はいても女が少ないことにあった。

男というのはしょうがないものである。少し金ができると、女房以外の女を欲しがる。若いとき、一緒に苦労した女房というのは、口うるさいものと相場が決まっていた。やれ、金遣いが荒いだの、もっと働けだの、油断してはいけないだのと、いろいろと意見をする。どれもこれも正論であり、反駁《はんばく》できないだけに、不満がたまる。

商売で一応の成功を見たのは、俺の努力ではないか。俺が稼いだ金をどう遣おうが、勝手だ。こうして、女房の内助の功を忘れた男は、口やかましいうえに老いて衰えが見える妻よりも、若く美しく、口答えしない女を求めるのだ。

江戸にこういった小金持ちは山ほどいた。だが、妾になってもいいという女はそれほど多くない。また、いても出自が怪しかったり、奉公以外の狙いを持っているようでは、とても妾屋としては紹介できない。

そう、妾屋も女不足であった。

「……ええと大津屋さんの条件は……たしか、この帳面に……あった。身の丈四尺五分（約百三十五センチメートル）以下、小顔で目が大きく、鼻は高からず、低からず、口はおちょぼ。胸乳《むなち》は小さく、腰も細い。田舎訛《なま》りのない話しぶりで、年齢も十八歳まで」

「それはまたずいぶんと細かい希望だな」

「でございましょう。まあ、年齢は見た目でごまかしがききますがね、容姿がねえ。こんな子供みたいな女が妾になろうとしているなど、まずありません。だからといって、こちらも妾屋という看板をあげている以上、無理だとは言えませんし」

昼兵衛が困惑した。

「一応、江戸中の妾屋には、融通をお願いしていますがねえ」

「ごめんくださいませ」

ぼやいている昼兵衛を追うように、涼やかな声がした。

「へい、いらっしゃいませ」

番頭が応対した。

「こちらでお仕事を探していただけると伺いまして……」

入ってきた女が用件を告げた。

「うちは、普通の人入れ屋ではございませんが」

「承知しております」

念を押した番頭に、女がうなずいた。

「いいよ。代わろう。どうぞ、おあがりくださいませ。当家の主、山城屋でございまする」

昼兵衛が結界から出た。

「お世話になりまする。お初《はつ》と申しまする」

女が名乗った。

「おわかりでございましょうが、お妾さんになりたいと」

「はい」

「…………」

答えた女を昼兵衛がじっと見つめた。

「言葉を検めさせてもらうよ。おめえさん、何歳《いくつ》だい」

「……二十八歳になりました」

言いにくそうに女が告げた。

二十八歳は十分年増であった。娘と呼ばれるのはせいぜい二十歳《はたち》過ぎまで、二十四歳をこえると年増と言われた。そして二十八歳ともなると大年増と呼ばれ、行き遅れ扱いされた。

「今まで、妾の経験は」

「ございません」

初が否定した。

「……吉原だね」

鋭い目つきで昼兵衛が初を見た。

「おわかりになりますか」

昼兵衛に言われた初がうつむいた。

「吉原の年季奉公は二十八歳までと決まっているからね」

「…………」

口を挟むべきではないと黙っていた新左衛門が目を大きく開いた。

「身売りは御法度。だから年季奉公として、遊女にする。抜け道だが、吉原はよくそれを守っているね」

昼兵衛が褒めた。

二代将軍秀忠によって、身売りは禁止されていた。借財の形に娘や妻を売ることで、一時の清算をする。窮迫の極みまで墜ちた者にとって、身売りは最後の救いであった。だが、これを許せば、農村の人口が減少する。とくに、子を産む女が不足することは、将来の労働人口の喪失を意味している。年貢として納められる米を主たる収入としている武家にとって、農村が荒れては困る。売られていく女たちへの憐憫《れんびん》ではなく、己たちの取りぶんが減ることを恐れた幕府の政策であった。

事情はともかく、幕府の決まりである。破れば厳罰に処される。だからといって、おとなしく従っていては、遊女屋は成り立たない。不特定多数の男に、抱かれるのを仕事にしたがる女はまずいないのだ。そこで、吉原が考え出したのが年季奉公であった。

もちろん、幕府の政に抜かりはない。期限の取り決めがない奉公は、身売り同様禁止されていた。

「うまくしたものだね。二十八歳というのは、人気商売の吉原女郎として、ぎりぎりのところだろう」

「はい。去年くらいから、お馴染《なじ》みさんが減り出しました」

初が同意した。

「吉原は、女を売るところだからねえ。売れなくなった商品は棚をふさぐだけで、一銭も稼いではくれない」

吉原は、どんな女でも二十八歳になれば、年季明けとした。こうすることで幕府の咎《とが》めを避け、さらに売れなくなった女を抱えなくてすんだ。

「借金はなかったんだね」

「少し残りましたが、手元にあった金で帳消しにできました」

訊かれて初が言った。

吉原の遊女たちは、皆、身売りしてきている。その借金を返すために、男と寝るのだ。下卑た話だが、一回いくらで男に抱かれるから、何回すれば借金が返せるという計算が成り立つ。もっとも、これは絶え間なく客のついている売れっ妓《こ》だけの話であった。客の来ない日が多いような遊女だと、借金を返すどころか、ぎゃくに一日の食費だけ、増えていくのだ。初が二十八歳で借財を完済できたのは、そこそこ人気のある遊女だったという証拠であった。

「身請けの話はなかったのかい」

昼兵衛が尋ねた。

身請けとは、借財の残りを支払い、遊女を吉原から引き取ることだ。実際の証文に書かれている額より、遊女屋が今後その妓《おんな》で稼げたであろう金を上乗せするため、かなり高くつくが、払えば女を吾がものにできた。かつて伊達綱宗《つなむね》が身請けしたという吉原三浦屋の名妓高尾太夫の身請け金は、四千両という途方もない金額だったとも言われていた。

「…………」

初が目を伏せた。

「見世が高く言いすぎたか」

「……はい」

いい遊女というのはなかなか手に入らない。だけに、見世はできるだけ稼ごうとする。花盛りのころ、初の身請けが相当な金額になったであろうことは、その容姿からも見て取れた。

「自前になったんだ。嫁に欲しいという客もいただろう」

「勤めあげた遊女は、子ができないとのことで……」

「……なるほどね」

なんとも言えない顔をした初を、昼兵衛が痛ましい顔で見た。

「どういうことだ」

たまりかねて、新左衛門が口を開いた。

「ご存じなくても無理ございませんな。遊女というのは、たくさんの男の精を毎日受け止めまする。普通の女よりも孕む条件が整っているわけで。それでいながら、子を産まず、年季が明けた遊女は石女《うまずめ》と言われ、妻とするには……」

「女のせいではないのにか」

「遊女としては、子を孕まなかったのは幸いなんですがね。孕めば無理矢理堕胎させられるのが普通。子が腹にいては、商売に差し障りますから。なかには、出産を許される妓もいますがね、生まれた子供がかわいそうでございましょう。遊郭で生まれた子供は、人別を与えられません。人別のない者は無宿、それだけで罪なんでございますよ。よって生涯吉原でというのが掟。男なら忘八《ぼうはち》に、女なら遊女にが定め。なにせ、人別がございませんから、身売り禁止の御法度にも触れません」

「それは……」

「吉原は苦界。世間とは違いまする。わたくしたちがどうこうできるものじゃございませんよ」

憤る新左衛門へ、昼兵衛が冷静に言った。

「放置して悪かったね。お仕事のことは承知したよ。で、お客が決まったときは、どこへ報《しら》せればいい」

「できれば、こちらでお世話になりたいのでございますが」

初が二階を見た。

「いいよ。宿賃はもらうよ。夜具はないから、自分で手配しておくれ。今、二階には三人いるので、挨拶《あいさつ》はきちっとしておくれ。今日から使ってくれていいから」

「はい」

首肯した初が、教えられた二階への階段を上がっていった。

「大月さま。遊女への同情はお止《や》めなさいまし。女たちには女たちの事情があり、吉原には吉原の決まりがございまする。それにけちをつけるならば、すべての遊女を等しく救ってやらねばなりませぬ。それも、今吉原にいる妓だけでなく、将来身を落とすであろう女たちも。そのようなこと、御上でもできますまい」

昼兵衛がたしなめた。

「憤るならば、それに見合う責を持たねばならぬな。すまなかった」

素直に新左衛門が詫びた。

「お願いしますよ。大月さまが、気にかけなければいけないのは八重さまだけ。人なんて、せいぜい己の腕のなかに抱えこめるていどしか守れないものでございますから。ふん、妾屋として、かかわった女たちを守ろうとしているわたくしの言えた義理ではございませんでしたな」

辛《つら》そうな口調で、昼兵衛が述べた。

「…………」

新左衛門はなにも言えなかった。

「ご免くださいませ」

ふたたび暖簾がはためいた。

「へい。ようこそお見えで」

番頭が返事をした。

「浜松屋幸右衛門でございまする。山城屋さんに」

「ああ。ご足労いただき、申しわけございませんでした。わたくしが山城屋昼兵衛でございまする」

浜松屋の挨拶に、昼兵衛が応じた。

「いえいえ。こちらこそ、わざわざお見えいただいたのに、留守いたしておりまして」

浜松屋が頭を下げた。

「どうぞ、おあがりを。番頭さん、お茶をね」

昼兵衛が告げた。

「ここでけっこうでございまする」

浜松屋は、さっさと上がり框に腰を下ろした。

「さようでございますか。では、そちらで」

腰をあげかけていた昼兵衛も座り直した。

「早速でございますが、林出羽守さまのご用件というのをお伺いいたしたい」

茶が来る前に、浜松屋が用件を問うた。

「八重さまのことでございますよ」

昼兵衛も態度を変化させた。

「口説いた女に振られたからといって、長屋を追い立てる、仕事を干す。名の知れた浜松屋さんともあろうお方のすることじゃございますまい」

「男と女のことだ。他人の口出しは遠慮してもらおう」

「他人ではないんでございますよ。わたくしは八重さんの親元でございましてね」

先日八重を大奥へ入れるとき、もと仙台藩主の側室という経歴を隠すため、山城屋を親元としていた。

「ふん。そういうことか。妾にするなら、山城屋を通せと。金が欲しいのだな。いくらだ。一両か、二両か」

　鼻先で浜松屋が笑った。

「ご冗談を」

　負けじと昼兵衛も笑った。

「吾が娘をそんな端金で売る親なんぞいませんよ」

「いくら欲しい」

「売りものではございません。いえ、まちがえました。すでに売約済みでございます」

「……売約済みだと。やはり売るんじゃないか。どうだ。そいつより金を払うぞ」

「…………」

　しつこい浜松屋に新左衛門の顔色が変わった。

「……あいにく、お金ではございませんで」

　昼兵衛が手で、新左衛門を制した。

「金じゃない……」

「まあ、あなたが生涯かけても手に入れることのできないものでございますよ」

「妾屋風情が生意気な。儂が一言言えば、この店を潰すこともできるのだぞ」

脅しを浜松屋が口にした。

「潰れるのはどちらでしょうねえ」

「なにっ」

「確かめたからこそ、お見えになったのでございましょう」

「…………」

浜松屋が黙った。

「林出羽守さまにお目にかかれましたか」

「……それは」

問われた浜松屋が詰まった。

「用人さまに、お話は訊かれましたか」

「…………」

ふたたび浜松屋が口をつぐんだ。

「相手にもされませんでしたでしょう」

「そこまで知っているとは。きさま、なにかしたな」

浜松屋が激した。

「林出羽守さまとは、親しくさせていただいておりますから」

「親しくだと……」

「はい。ついでにお話ししておきますが、八重さまへ、あなたがなされたことを林出羽守さまにお報せしたのも、わたくしで」

「……なにを」

一層浜松屋が、怒りで赤くなった。

「きさまが要らぬことを出羽守さまに吹きこんだというのだな」

浜松屋が昼兵衛に摑《つか》みかかろうとした。

「それ以上はさせぬ」

新左衛門が、音もなく抜きはなった脇差《わきざし》を浜松屋の目の前に横たえた。

白刃の光に、浜松屋が息を吞《の》んだ。

「……ひっ」

「もう少し賢いお方だと思いましたがねえ。代々の老舗にあぐらを掻いただけの馬鹿だったとは」

昼兵衛があきれた。

「な、なにを、無礼」

脇差から逃げるように腰を引きながら、浜松屋が咎め立てた。

「よろしいですか。わたくしは林出羽守さまに、八重さまのことをお報せしたと申しました。ここで気づいていただかないと困りますね。言わなければわかりませんか。林出羽守さまが、八重さまのことを気にかけておられるとわかりましょう、これで」

「……ま、まさか。売約済みのお相手が林出羽守さま……」

「さあ、どうでしょうかねえ」

昼兵衛が濁した。

「林出羽守さまは、上様のお気に入り。その方のご機嫌を損ねて、あの店はいかがなものかとお思いになられれば、いかに老舗といえども……」

「わ、わかった。八重からは手を引く。長屋にも元どおり住めるようにする。仕事も今までどおりに出す」

顔色を変えて浜松屋が述べた。

「それがとおりますかね。あなたの一言で明け渡せと言ってくるような大家のいる長屋に住み続けられますか。仕事も同じでございましょう」

「どうすればいい」

「言わなければわかりませんか」

「金か。いくら出せばいい」

「それは、浜松屋さんのお気持ちでございましょう。これで十分だと思えば、四文でもよろしゅうございますよ。わたくしどもからは、これ以上なにも申しませんから。ただ、男としての料簡が狭いお方だとは思いますがね」

あからさまな要求を昼兵衛がした。

「五両、いや、十両出す。それでいいな」

「よいか悪いかは、浜松屋さんが決められることで」

厳しく昼兵衛が突き放した。

「これで……」

懐から紙入れを出し、なかの小判を全部出した浜松屋が、逃げるように去っていった。

「ふん。女一人の一生を背負うだけの肚《はら》もないくせに」

昼兵衛が嘲笑した。

「どういう意味だ」

「なに、あの浜松屋は、妾屋での有名人でしてね。若くてきれいな妾を手に入れては、すぐに飽きる。数カ月で放り出して、まともな手切れ金もやらない。文句を言えば、いろいろな手を使って圧力をかけてくる。四条屋さんや相模屋さんでは、出入り禁止になっているほどで」

四条屋は京女の、相模屋は江戸女の手配で知られた妾屋の大店である。

「妾というのは、男の余裕でもございまする。一人の女の花のときを占有するわけでございますから、後々のことも考えてやらなければいけません。それができないうちは、まだまだ妾を持つ資格がないというわけでございますよ。おい、番頭さん、塩を撒《ま》いておきなさい」

験《げん》が悪いと昼兵衛がお祓《はら》いを命じた。

「……いくらありますかね。おや、十八両。なかなか」

浜松屋が置いていった小判を、昼兵衛が数えた。

「これだけじゃ、家を買うわけにはいきませんが、借りるだけならば、十年はもちますね」

昼兵衛が小判を床に戻して、新左衛門を見た。

「覚悟を見せてくださいよ」

「……わかっている。だが、伊達のことがある。大丈夫と見極めがつくまでは、うかつな約束はできぬ。なにせ、拙者は伊達にとって欠け落ち者なのだ」

新左衛門が苦く顔をゆがめた。

武家で言う欠け落ち者とは、男女の逃亡者ではない。藩士でありながら、主命に叛《そむ》いて逃げた者のことで、決して許されず、上意討ちの対象となった。

「……お武家さんは、面倒でございますな」

昼兵衛が嘆息した。

第二章　豪商の企み

一

浜松屋幸右衛門は、恨みを忘れられなかった。

「今まで、儂に逆らった者などいないのだ」

江戸で五代続いた老舗浜松屋は、大奥御用達だけでなく、大地主でもあり、その影響力は町内どころか、江戸中に及ぶ。

「女衒ごときが、この浜松屋を脅すなど……」

浜松屋が歯がみした。

「でしょうが、相手は御小姓組頭林出羽守さまとかかわりがございまする。大難が小難ですんだとお考えになられて……」

番頭の作蔵がなだめた。

「我慢できるか。百年をこえる歴史を持つ浜松屋が、馬鹿にされたのだぞ。日本橋の越前屋でさえ、一歩退いてくれるというのにだ。それを浅草あたりの妾屋が……」

憤怒のあまり、浜松屋が震えた。

「しかし、山城屋に手出しすれば、林出羽守さまのご機嫌を損ねることにもなりかねませず……」

難しいと作蔵が言った。

「…………」

浜松屋が唇を嚙《か》んだ。

「いや、どうにかできるはずだ。たしか、お出入りさせていただいている青山下野守《しもつけのかみ》さまが、若年寄になられたばかりだったな」

思いついたように浜松屋が名前を口にした。

青山下野守忠裕《ただひろ》は丹波《たんば》篠山《ささやま》五万石の藩主である。兄が早世したため、当主となり、奏者番、寺社奉行を歴任し、昨年十一月に若年寄へと転じた。

「お祝いはしたな」

「はい。白絹の反物を三本お届けいたしました」

問われた作蔵が答えた。

「そうか。ちゃんと礼は尽くしているのだな。で、お目にかかっているのはどなただ」

対応している人物の名前を浜松屋が訊いた。

「江戸家老の柳左門《やなぎさもん》さまで」

「金子《きんす》を二十両ほど用意してくれ」

「……よろしいので」

主がなにをしようとしているか気づいた作蔵が、念を押した。

「かまわぬ。儂の肚が収まらぬのもあるが、このままでは、浜松屋が侮られる。妾屋に脅されて退いたなどと知られてみろ。江戸で商売はできなくなるぞ」

「……いたしかたございませぬ」

作蔵が説得をあきらめた。

「御家老さまとお話しするならば、お招きせねばなるまい。吉原に使いを出しなさい。明日の昼、宴席をとな」

武家には門限がある。日没までには、決められた住居に戻っていなければならない。武家の規範が崩れ、門限も形だけになっているとはいえ、出入りの商人が法度を犯すような誘いをするわけにはいかなかった。

「はい」

「言うまでもないと思うが、妓の手配もな。できるだけ床あしらいのうまい遊女を用意しておくように、卍屋《まんじゃ》に伝えておけ」

卍屋は、吉原遊郭で三浦屋と肩を並べる名見世であった。二人の太夫を始め、数十人の遊女を抱える大店であった。

「わかりましてございまする」

命じられた作蔵が承諾した。

吉原の成立は慶長年間までさかのぼる。

徳川家康が征夷大将軍となったことで、天下の城下町として発展した江戸に、多くの男が流れこみ、それを狙った遊女屋も乱立した。その遊女屋をとりまとめたのが、相模浪人の庄司甚内であった。庄司甚内は家康から江戸の遊女取り締まりを命じられたとして、あちこちにあった遊女屋を日本橋茅場町に集め、吉原遊郭を作った。

武家の町、男の城下にできた一大遊郭は、幕府の認可があるというのもあり、殷賑を極めた。しかし、幕府の体制が武から文へ、力から権威へと推移したため、吉原の立場も変わらざるを得なくなった。

「大手門からわずか十町（約千メートル）ほどのところに、悪所があるのはよろしからず」

将軍の居城、その顔でもある大手門から、遊郭が見えるなど論外だと、老中たちは考え、吉原に移転を強要した。

江戸の中心地から、郊外への移動は、客商売という観点からすれば、死活問題になる。吉原は家康の許しを盾に拒み続けたが、江戸中を焼き尽くした明暦の大火には勝てなかった。本郷から発した火は八百余町を焼き尽くし、十万人以上の焼死者を出した。江戸城の天守閣まで燃やした火が、吉原だけを見逃すはずもない。吉原は多大な犠牲とともに焼失した。

建物すべてを失っては、移転への抵抗も続けられなかった。ものがあればこそ、営業を続けられ、家康さまのご認可でここに建てたという名分が使えた。しかし、なくなれば終わりであった。なにせ、再建の許可を出すのは今の幕閣なのだ。

「移転を認めなければ、再建を許さず」

老中たちの強硬な姿勢に吉原は折れ、江戸の中心から浅草の向こう、日本堤へと移転した。

移転する代わりに従来の二倍の敷地を下賜された新吉原は四方を堀で囲み、出入り口を一カ所に集約することで、世間との隔絶を見せつけていた。

「医者以外の乗輿は許さず」

吉原の入り口である大門《おおもん》には、下乗の札がかけられていた。

「郭《くるわ》のうちは別世にて、世俗の身分は通用いたしませぬ」

大名も庶民も同じ客でしかないと暗に報せたものであった。

大門をくぐれば、吉原をまっすぐ貫く仲町通りにつながる。この仲町通りが吉原の花道であり、その左右に並ぶ見世が名門とされていた。

「邪魔をする。浜松屋の招きに応じてきた柳左門である」

仲町通りに面した揚屋の暖簾を、壮年の武士がくぐった。

「柳さま、ようこそお見えくださりました。浜松屋さまは、すでにお待ちでございまする」

出迎えた忘八が、腰を低くした。

吉原で働く男たちのことを忘八と言った。仁義礼智忠信孝悌の八つを忘れたという意味で、人として扱われない者であった。

「うむ」

うなずいた柳左門が、両刀を腰から外した。

「ていねいに扱え」

「心得ておりまする」

念を押した柳左門から、忘八がうやうやしく受け取った。

これも決まりであった。吉原創始のころ、武士が遊女を巡って争い、死傷者が絶えなかった。商売道具の遊女を傷つけられては、丸損になる。そこで、吉原は、武家の両刀を登楼前に預かるようにした。両刀を預かったからといって、絶対ではなく懐に隠していた小刀や、鎧通《よろいどお》しなどで、遊女と無理心中を図る者はいたが、それでもずいぶんもめ事はなくなっていた。

「お二階で」

両刀を刀掛けに置いた忘八が、先に立って案内した。

「お連れさまがお見えでございまする」

二階の廊下の突き当たり、仲町通りに面した側の座敷に忘八が声をかけた。

「開けてくれ」

なかから応答があった。

「本日は、お忙しいところ、ご足労願いまして、申しわけもございませぬ」

下座で浜松屋が平伏した。

「いやいや、浜松屋の誘いであれば、いつなりとても応じるにやぶさかではない」

豪商とつきあって損はない。どこの大名も内情は厳しいのだ。柳左門が手を振った。

「膳と酒を急いでおくれ」

浜松屋が忘八に指示した。

「ただちに」

忘八が引っこんだ。

吉原の揚屋は貸座敷である。ここで客は酒を飲み、遊女を招いて宴席を楽しんだ後、閨へと移動するのだ。したがって、料理も揚屋ではしつらえず、仕出しを取ることで対応していた。

「昨今の景気はどうだ」

「おかげさまで、大奥からのご注文をいただき、冥加を感じさせていただいておりまする。これも青山さまのおかげでございまする」

問われて浜松屋が礼を言った。

十一代将軍家斉は、正室の他に、多くの側室をもうけていた。側室には、その世話をする女中が要る。大奥は近来稀《まれ》なほどに人であふれていた。

人が増えれば、喰うものの量は増え、着るものも買う。

外へ自在に出て行けない大奥にいるのだ。食べるか、着飾るかしか楽しみはない。しかも、女しかいないのだ。同性しかいないだけに、見栄を張らなければ、なめられる。最下級の下働きを除いた大奥女中たちは、季節ごとに着物を誂《あつら》える。そう、誂えるのだ。古着を仕立て直すのではなく、呉服屋から反物を買い、新調する。

浜松屋の売り上げの半分近くは、大奥からの注文であった。

「それはけっこうだな」

柳左門が笑った。

「お待たせを」

世間話をしているうちに、膳の用意ができた。

「では、一献」

浜松屋が、柳左門の盃《さかずき》に酒を注いだ。

「……で、用件はなんだ」

数回盃をやりとりしたところで、柳左門が訊いた。

「林出羽守さまをご存じでございましょうや」

「御小姓組頭の林さまか。直接の面識はないが、お名前は知っている」

柳左門が答えた。

「じつは、恥ずかしいお話でございますが、とある女のことで、林出羽守さまとかかわりのある商人とあたりまして……」

つごうの悪いところを隠して、浜松屋が語った。

「なるほどな。林出羽守さまのお名前を出したか。うかつな」

それだけで浜松屋の要求を読みとれないようでは、江戸家老など勤まらない。

「林出羽守さまに、主から一言お話をしていただこう。あまりみょうな者をお近づけになられぬようにとな」

柳左門が浜松屋の望みを口にした。

「畏《おそ》れ入りまする」

浜松屋が頭を下げた。

「ところで、浜松屋。殿が若年寄になられて、なにかと入り用でな」

飲食だけですませるわけにはいかないと、柳左門が無心を言い出した。

「承知いたしておりまする」

そう言って浜松屋が懐から、金を包んだ袱紗《ふくさ》を取り出した。

「これは、青山さまへではなく、御家老さまへ。もちろん、青山さまには、後日あらためて……」

袱紗包みを浜松屋が柳左門へと押し出した。

「……これはていねいな挨拶だの」

うれしそうに柳左門が袱紗ごと懐へ入れた。

「さて、男同士もよろしゅうございますが、やはり花は要りましょう」

浜松屋が手を叩いた。

「あい」

つやのある声とともに、襖を開けて美しい遊女が二人入ってきた。


満足した柳左門を帰し、吉原から帰った浜松屋は、すぐに作蔵を呼びつけた。

「柳さまの御内諾は取った。その代わり、無心されたがな」

「おいくらほどお約束なさいました」

作蔵が確認した。

「金額は互いに口にしなかった」

「…………」

作蔵が苦い顔をした。

「怖いですね。旦那さまが金額を言われなかったのは、けっこうですが、柳さまが口にしなかったのは、ひょっとしてできなかったのではないかと」

「口にできないほどの金を要求してくると」

浜松屋が息を呑んだ。

「お断りできません。旦那さまが、お受けしてしまいましたから」

「…………」

言われた浜松屋が顔をゆがめた。

「……その代わり、山城屋への遠慮は要らなくなった。儂に恥を掻かせた報いを受けさせねばならぬ。そうだ、山城屋を乗っ取ってやろう。たいしたものはないだろうが、山城屋は上客をたくさん握っているという。妾を囲うほどの客だ、着物を買うだけの金くらいあるだろう。むしり取ってやれば、少しは青山さまへお渡しする金の足しになる。これはいい」

浜松屋が名案だと一人賞賛した。

「…………」

なんとも言えない表情を作蔵が浮かべた。

「さて、山城屋を痛めつける手配をしなければね。辰《たつ》を呼びなさい」

「桶屋《おけや》の親分を」

　作蔵が聞き直した。

「そうだ。辰をだ」

「御用聞きをお使いに」

　うなずいた浜松屋が、述べた。

「無頼では、おもしろくなかろう。己が頼った権にやられるという滑稽《こっけい》な姿を見てやろうではないか」

「ですが、御用聞きとはいえ、なにもなければ山城屋を捕まえるわけには参りませぬが」

　作蔵が疑問を呈した。

「いきなり山城屋に手出しは無理でも、あいつが飼っている用心棒なら、どのような理由でも付けられるだろう。なにせ、相手は浪人者だ。幕府転覆を謀っていると言えばすむ」

　浜松屋が笑った。

二

年齢が年齢だとはいえ、初ほどの美形である。妾の口はすぐに見つかった。本来、子を孕んでいないか、病を持っていないかと三カ月は様子見をするのだが、偶然、初を見かけた旦那のたっての願いで、奉公することになったのである。

「いいかい。妾は住みこみだ。食事も衣服も与えられる。だけにもらったお給金をまるまる遣ってしまうことがある。それはいけないよ」

奉公へ出て行く朝、昼兵衛が初に注意を与えていた。

「妾はね、せいぜい二年。ほとんどが、一年ほどで奉公が終わります。言いかたを変えれば、飽きられて捨てられる」

「…………」

初が唾《つば》を呑んだ。

「でもね。幾人かはそのままずっと奉公を続けている。身体の関係が続いている者もいるけど、まったく男女の仲ではなくなっても、そのままお世話をしている者も多い。その女《こ》たちが、どうして奉公を続けられているのか、それを考えなければいけません」

「教えていただけますか」

「初めてのお妾奉公だからわからなくて当然だけどね。基本は遊女と一緒だよ。誠心誠意、その人に尽くす。その一事だよ。心をこめてお世話しなさい。そうすれば、相手もほだされる。たとえ、奉公を続けられなくても、まじめにしていたならば、しばらく生きていくだけの退き金はいただけるからね」

「はい」

聞いた初が首肯した。

「もし、おまえさんが心から尽くしたにもかかわらず、十分なことをしてくれなかったときは、わたしに言いなさい。しっかりとむしり取ってあげるからね。ただし、手間賃はいただきますよ。もちろん、理不尽なあつかいを受けたときもね。旦那のなかには、女をいたぶって喜ぶ性癖のある人とかがいるからね。ああ、心配しないでいいよ。滅多にはいないから。妾屋は女の身元を請け負うと同時に、客の保証もする。それだけちゃんと調べている。でなければ、妾屋なんぞできやしない」

安心するように昼兵衛がほほえんだ。

「ありがとうございました」

初が手を突いた。

「はい。気を付けて行っておいで。妾は身体が資本、病などしないように」

昼兵衛が送り出した。

「さて、今度は大月さまですな」

「拙者か」

不意に顔を向けられた新左衛門がうろたえた。

「いつまで、放置しておくおつもりでございますか」

昼兵衛が二階を見上げた。

「八重さまは意思表示をなさいました。それに返答するのが礼儀でございましょう」

「しかしだな……」

「伊達家の問題だと」

氷のような目で昼兵衛が新左衛門を見た。

「……そ、そうだ。拙者は欠け落ち者だ。藩からいつ追っ手を出されてもおかしくはない」

新左衛門が重い口調で言った。

「伊達さまとは、わたくしが話をつけましたよ」

八重を伊達家から取り戻すとき、昼兵衛は新左衛門も藩士のくびきから解き放った。

「いつまでも守るとは思えぬ。山城屋どのが約束したのは、用人の坂玄蕃であろう」

新左衛門は狡猾《こうかつ》な用人の顔を思い出した。

「あとお一人、若年寄の井伏さま」

「井伏丹波どのか……」

新左衛門が苦い顔をした。

「奉行では、ないな」

伊達藩では、奉行と呼ばれる数人が、藩政を差配していた。

「江戸はなんとか治まるだろう。だが、国元は頭が固い。参勤交代で国元から江戸へ出てきた連中が、拙者のことを知れば、かならず動く」

豊臣秀吉、徳川家康、二人の天下人に危険視された戦国の雄政宗を祖とする伊達家である。その家風は尚武であり、卑怯未練を嫌った。

「面目でございますか。そんな一文にもならないものに命をかけるなど、お武家さまとは愚かなものでございますな」

「しかたあるまい。先祖代々そうやってきたのだ。もう血になっている。変えられるものではないさ」

新左衛門が辛い顔をした。

「……お同僚方ですな」

昼兵衛がくみ取った。

藩を裏切って、八重を助けた新左衛門を許せなかった伊達の重職たちは刺客《しかく》を送りつけた。それが新左衛門と同役だった江戸詰の藩士たちであった。

新左衛門は生きるために、同じ釜の飯を食った同僚を斬った。

「武士とは窮屈なものだ」

背中から声がした。

「これは、山形《やまがた》さま」

昼兵衛が名前を呼んだ。

新左衛門の背後に立っていたのは、河内浪人の山形将左《しょうざ》であった。山形は昼兵衛の手札のなかでも屈指の遣い手であった。

「窮屈だが、生きていくには楽だ」

山形将左が無造作に、新左衛門の左へ座った。

「楽でございますか」

昼兵衛が首をかしげた。

「ああ。なんせ、武士であれば喰いはぐれないからな。なにもしなくても、毎年決まっただけの禄がもらえる。百姓のように田畑を耕し、汗にまみれることもない。商人のように儲からないと泣かずともいい」

「それはたしかに楽でございますな」

明日の米を約束されていない庶民からすれば、夢のような話である。すなおに昼兵衛は賛意を表した。

「その代わり、矜持が求められるのだ」

頬をゆがめながら、山形将左が言った。

「矜持と言えば聞こえがいいが、ようは自己満足だな。我々は誇り高い武家である。そのあたりの庶民とは違う」

新左衛門が口を挟んだ。

「そう思わなければやっていけぬのだ。なにせ、働かずして喰っているのだからな。汗水流して米を作った百姓の上前をはねて」

山形将左が鼻を鳴らした。

「つまり、後ろ暗い思いを隠そうとするがゆえに、大義名分を大声で言うと」

「ああ」

「そうだ」

まとめた昼兵衛に、新左衛門と山形将左が同意した。

「まったく、馬鹿らしいことで」

昼兵衛があきれた。

「しかたございません。婚姻はまあ先の話としましょう。もう少しだけ」

「少し……」

「あたりまえでございましょう。女が美しい期間は長くないのでございますよ。それを腐らせるというならば、わたくしにも考えがございますよ」

「…………」

新左衛門が黙った。

「しかし、そうなればもったいないことをしましたね」

「なにがだ」

事情を理解していない山形将左が問うた。

「浜松屋ていどの相手に、出羽守さまを遣ったのは、失敗でした。林出羽守さまは、仙台さまにあてるべきでしたな」

幕府の要職を道具のように、昼兵衛が言った。

「なんのことだ」

山形将左が説明を求めた。

「なあに、たいしたことじゃございませんがねえ」

苦笑しながら、昼兵衛が語った。

「あの浜松屋か。吉原での評判もよくはねえな」

聞いた山形将左が告げた。

「吉原でも……」

昼兵衛が首をかしげた。

「ああ。金に細かいという噂だ。忘八は当然、馴染みの遊女にも心付けを出さないらしい」

「商人らしいですな。決まった金だけしか払わない」

鼻先で昼兵衛が笑った。

「言い得て妙だな。浜松屋は商人であっても、粋人ではないのだ。いや、遊び人ではないな」

山形将左が言った。

「遊び人じゃない……女遊びには熱心なご様子ですがね。気に入った女を手に入れては、数カ月から一年ほどで飽きて、交換しているようで」

「ふん。それを遊び人とは言うまい。遊び人とは、相手のことを思いやれる者だけに許される称号だ。浜松屋は、質《たち》の悪い男でしかねえ」

嫌そうな顔で山形将左が吐き捨てた。

「ところで、山形さまは、お仕事をお探しに」

「ああ、そろそろ紋日《もんび》だからな。二人を買い切ってやらなければならねえ。その金を稼ぎたい」

山形将左がうなずいた。

紋日とは、節句節日のことだ。節句は正月、菖蒲、七夕などを言い、節日は吉原独特のものであった。毎月一日、二十八日など月ごとに決まった日を、吉原では紋日として、遊女の揚げ代を倍にした。

「吉原も無茶をしますね。揚げ代を倍にすれば、客は二の足を踏みましょうに」

普段の倍の金を出せと言われて、納得する客はいない。

「そこが吉原の小狡《こずる》いところだ。吉原のことなら、山城屋も知っているだろう」

「それは……」

言われて昼兵衛が詰まった。

妾屋とはいえ、男である。商品である妾志望の女には手を出せないだけに、その手の欲望を処理するため、吉原や岡場所を利用していた。

「…………」

なんのことかわからないと新左衛門は呆然としていた。

「わからないのか。大丈夫か、大月。おまえも男だろう。女が要るはずだ。まさか、きさま、陰間ではあるまいな」

山形将左が、少し身を離した。

陰間とは、男同士の性愛を商売とする、いわゆる男娼であった。そこから転じて、男同士のことを陰間と呼んだ。

「違うぞ」

あわてて新左衛門は否定した。

「山城屋、仕事は明日からでいい」

「おや、どこかへお出かけで」

山形将左の言葉に、昼兵衛が驚いた。

「吉原へ行ってくる。大月、つきあえ」

立ちあがりながら、山形将左が新左衛門を誘った。

「拙者もか」

「おぬしが行かずしてどうする。吉原の匂いくらい、知っておかなきゃ、男じゃねえぞ」

「しかし……」

新左衛門が、昼兵衛を見た。

「なるほど」

手を叩いて昼兵衛が納得した。

「一度、吉原を見てくるのも、よろしいものでございますよ。もし、大月さまが、これからも妾番をなさるおつもりがおありならば」

妾番とは、間男を気にした旦那の依頼で、妾を見張る者のことを言う。妾になるくらいの美女の側にいながら、絶対に揺らがない克己心《こっきしん》と、妾を狙ってくる男を排除するだけの腕が必須なだけに、日当も高い。なにより、信頼されていなければ、妾番にはなれなかった。当たり前だが、妾番が女に手出しをしては話にならないのだ。

「経験だと」

「はい。行っておいでなさいまし。その間にこちらも手を打てますしね」

「手を……」

新左衛門が昼兵衛の顔を見た。

「こちらのことで」

昼兵衛が答えなかった。

「さ、行くぞ」

山形将左が、新左衛門を促した。

山城屋のある浅草から吉原までは、近い。

「…………」

不満げな顔で新左衛門は山形将左の後ろについていた。

「おいおい、どこに吉原行きを嫌がる男がいるんだ」

山形将左があきれていた。

「嫌なわけはないのだが……」

「菊川どのか」

口ごもった新左衛門に、山形将左が言った。

「……なっ」

八重の名前が出て、新左衛門が焦った。

「気づいていないと思っていたのか」

目を大きくして、山形将左が驚いた。

「おぬしの態度を見ているだけでわかる。好きな女がいることなどな。あとは、ちょっと注意していれば相手が誰かはすぐに知れる」

「…………」

新左衛門が絶句した。

「女に操を立てるのは、止めないがな」

山形将左が続けた。

「嫁にもらってからにしろ、それは。独り身の間は、遊べ。遊ぶ余裕のない男は、信用できん」

「なにを……」

「ああ。もちろん、おぬしの剣の腕は信じている。少なくとも、拙者と互角以上だとな」

なだめるように山形将左が口にした。

「ただな、余裕のないやつは、ぎりぎりのところで崩れる」

山形将左が表情を引き締めた。

「女を抱けというのではない。吉原の風景でも楽しむだけの余裕を持て」

「……すまなかった」

共闘する仲間からの諭しには、心がこもっていた。新左衛門は頭を下げた。

「謝ることではないさ」

まじめな新左衛門に、山形将左が肩をすくめた。

「さあ、行くぞ」

「ああ」

ふたたび歩き出した二人の前に人が立ちふさがった。

「ちょっと待ってもらおうか」

羽織の裾を開いて帯に指した十手《じって》を見せながら、中年の男が声をかけた。

「我らか」

山形将左が対応した。

「そうだ」

横柄な態度で中年の男がうなずいた。

「おぬしは誰だ」

「見てのとおり、御上の御用を承っているものだ。桶屋の辰と言う」

中年の男が名乗った。

「で、なんの用だ」

「訴人があった。おめえたちが、不逞《ふてい》の輩《やから》だとな」

辰が十手を抜いた。

「訴人があっただと」

「ああ。神妙についてこい」

訊いた山形将左に、辰が十手を上下に動かした。

「一つ問うがな」

「なんだ」

落ち着いている山形将左に、少し辰が戸惑った。

「訴人があったと言ったな」

「ああ。そうだ」

山形将左の確認に、辰が首肯した。

「我らでまちがいないな」

「おまえらだと訴人があったと言っただろう」

辰が山形将左に十手を突きつけた。

「ならば、我らの名前を言ってもらおうか」

「……な、なにっ」

山形将左の追及に、辰があわてた。

「どうした、我らの名前がわからないということはなかろうな」

「やかましい。黙ってついてくればいいんだ」

辰が居丈高に言った。

「さっそく馬脚を現したな。大月」

「ああ」

声をかけられた新左衛門は、山形将左と背中を合わせた。

「一人、二人……四人か。少ないな」

新左衛門が囲んでいる手下の数を読んだ。

「御上の御用を承っている儂に逆らう気か」

辰が大声をあげた。

「御上の御用とは笑わせる。どう見ても、御用の筋じゃなかろう」

山形将左が言い返した。

「黙りやがれ。おい、かまうことはねえ。痛い目に遭わせてしょっ引け」

「へい」

「合点」

手下たちが、辰の指示に応じた。

「ややこしくなるから、殺すなよ。大月」

「言うまでもない」

山形将左に新左衛門は首肯した。

「神妙にしろ」

「手向かいするな」

十手を前にし、腰が引けた状態で、手下たちが口々に言った。

「辰の相手は任せる」

新左衛門は手下たちに向かって駆けた。

「わっ」

いきなり飛びかかってきた新左衛門に、若い手下は反応できなかった。

「……ぐへっ」

新左衛門の拳《こぶし》が、若い手下の鳩尾を打った。

「こいつ」

少し歳嵩《としかさ》な手下が、あわてて十手で殴りかかってきた。

「遅いわ」

相手の動きを予想せず、多人数に戦いを挑むようでは話にならなかった。新左衛門は、余裕を持って応じた。

「ふん」

左肩を狙った十手を、体を開いてかわした新左衛門は、流れようとする手下の右手を摑んだ。

「離せ」

「なめるな」

暴れる歳嵩な手下を押さえつけていると、残っていた手下で、新左衛門に近いほうが、十手で突こうとしてきた。

「ほい」

新左衛門は捕まえていた歳嵩の手下を、突いてくる十手に向けた。

「がはっ」

盾に使われ、仲間の十手を胸に受けた歳嵩の手下が、息を吐いて転がった。

「す、すまねえ。常《つね》の兄貴」

突いてきた手下が、焦った。

「肋《あばら》の骨が折れたな」

口から血泡を吹いている歳嵩の手下を、新左衛門が見下ろした。

「急いで医者へ連れて行ってやったほうがいいぞ」

山形将左が、苦痛にうめいている歳嵩の手下を指さした。

「……やかましい」

一瞬だけ目をやったが、辰はすぐに山形将左へと顔を向けた。

「おのれらを捕まえるのが先だ」

「冷たいな。おい」

かわいそうにと山形将左が嘆息した。

「手下を死なせてもと奉行が言ったか」

「定町廻り同心、中山《なかやま》さまの手札を預かっているのだ、儂は」

山形将左の問いに、的はずれな答えを辰が返した。

「定町廻り中山……覚えた」

笑いを山形将左が消した。

「……な、なんだ」

雰囲気の変わった山形将左に、辰が息を呑んだ。

「浜松屋にいくら積まれたのか、どれだけ借財があるのかは知らぬが、こっちには迷惑でしかない」

「……な、なっ」

浜松屋の名前が出たことで、辰の顔色がなくなった。

「吉原へ繰り出そうとした気分を台無しにされたではないか。許せぬ」

「えっ……」

あまりの理由に辰が目をむいた。

「男というのはな、気分が乗らないと、好きな女と会っても楽しめぬものだ」

見せつけるようにゆっくりと、山形将左が太刀を抜いた。

「……ひっ」

日の光を反射した白刃に、辰が小さく震えた。

「憂さは、おまえで晴らすことにする」

「わ、わ」

すべるように間合いを詰めた山形将左に、辰がうろたえた。

「死ね」

山形将左が太刀を振りかぶった。

「ひいいい」

辰が頭を抱えて、しゃがみこんだ。

「無様な。おい、これが、おまえたちの親分の正体だ」

太刀の切っ先で、山形将左は辰の手を突《つっ》いた。

「痛い……」

辰がますます小さくなった。

「………」

手下たちが沈黙した。

「どうする。やるか」

新左衛門が残っている手下に問うた。

「……やる気はなさそうだな」

手下たちの目から、気力が抜けているのを新左衛門は確認した。

「山形どの」

「ああ。もういいだろう」

太刀を鞘《さや》へ戻した山形将左が、うなずいた。

「行こうか」

「でござるな」

二人は、ふたたび吉原へと足を進めた。

「逃がすな」

かなり山形将左と離れてから、辰がわめいた。

「…………」

　しかし、手下たちは動こうとはしなかった。

三

　吉原へ向かうには二つ方法があった。

　一つは、大川沿いを日本堤で左へ折れて五十間道を進むもの。もう一つは浅草寺《せんそうじ》の境内《けいだい》を抜けて、田圃《たんぼ》のあぜ道を縫うように歩き、吉原の壁を半周する形で大門へと至るものである。

　山形将左と新左衛門は、浅草寺の前を通り過ぎて、大川沿いからの道をたどった。

「浅草からなら、吉原は田圃を抜けるほうが近い。だが、初回くらいはまっとうな筋で吉原を見ておくべきだ」

　説明しながら、山形将左が先導した。

「……あっ」

　五十間道を進んでいた新左衛門が驚愕《きょうがく》の声を漏らした。

「ふふ」

満足そうに山形将左が笑った。

「吉原に初めて来たやつは、皆、驚くのだ」

「不意に大門が……」

新左衛門が山形将左を見た。

「気づいただろう。五十間道はまんなかで大きく曲がっているのだ。これは、将軍のおなり行列が、日本堤をとおっても大門が見えないようにとの配慮だそうだ」

山形将左が語った。

日本堤をこえると、江戸ではなくなる。田畑と荒れ地が続く広大な土地は、将軍が鷹狩りで使うこともある。もっとも、十代将軍家治の嫡男家基が鷹狩りに出て病死して以来、将軍が鷹狩りに出たことはなかった。

「さあ、これが吉原の大門だ。男にとって極楽の入り口。そして、女にとって抜け出せぬ地獄の門」

「地獄の門……」

左右に大きな柱を立て、三間《げん》（約五・四メートル）の扉を付けただけのものを新左衛門は見つめた。

「妓がこの門を出るのは、客に身請けされるか、二十八歳の年季まで勤めあげ、借財を完済するか……死体となるか」

山形将左が苦く頬をゆがめた。

「………………」

新左衛門が言葉を失った。

「だからといって、気にするな。意気消沈したままじゃ、男として役に立たなくなるぞ。妓にとって、客がなにもしないほどの恥はない」

「それは……」

「まちがうなよ。借財で遊女になったが、女たちにも矜持がある。女としてのな。男に欲情されない女と言われては、恥だろう。男が女に恥を掻かせてはなるまいが」

顎《あご》で合図した新左衛門が、大門をくぐった。

「女を待たせるのも、男失格だぞ」

山形将左が新左衛門を急かした。

「今回は拙者の言うがままでいいな」

「ああ。なにもわからないのでな。任せた」

新左衛門はそう答えるしかなかった。

「間に合ったか……」

「この人だかりはなんでござる」

仲町通りを少し進んだところに、大勢の男が集まっていた。

「太夫道中だ」

答えながら、山形将左が人垣に割りこんでいった。

「おい、なにをする」

「遅れてきたなら、後ろにいやがれ」

男たちが怒った。

「すまねえ。連れは太夫道中どころか、吉原初見なんだ。すまないが、江戸の華を見せてやってくれないか」

山形将左が詫びた。

「初めてか」

「それはなんだな。見なきゃなるめえ」

ひしめき合っていた男たちが、無理に隙間を作ってくれた。

「大月氏」

「いや、申しわけなし」

促された新左衛門が、礼を言ってなかに入った。

「旦那は、吉原を初めてで」

隣になった職人風の男が訊いた。

「ああ。吉原に来るだけの金がなくてな」

新左衛門が素直に告げた。

「たしかに、吉原は金がかかりやすな。たんに抱くだけなら、岡場所がてっとり早い」

職人が同意した。

「ですがね、太夫道中だけは見なきゃいけやせん」

「なんなのだ、太夫道中とは」

新左衛門が訊いた。

「客に呼ばれた太夫が、仲町通りの大門側、江戸町から奥の京町まで歩くことで。地名が江戸と京なんで、いつからか、道中と言われておりやす」

親切に職人が教えてくれた。

「太夫が歩く」

さすがに新左衛門でも太夫がなんなのかくらいは知っていた。

「見せびらかしたいだけなんですがね。太夫を呼べるほどの客なんぞ、そうそういやせんからね。天下の太夫は俺のものだと、ほら、あそこの揚屋の二階をごらんなさい。男の顔が出ていましょう」

職人が十五間（約二十七メートル）ほど離れた揚屋を指さした。

「ああ。中年の商人風の男がいるな」

「あいつが、今夜の客でござんすよ。ああやって、見下ろして太夫を目にするしかできないおいらたちを笑っていやがるんで」

「なるほどな」

悔しそうな職人に、新左衛門は首を縦に振った。

「……っと来やしたぜ」

職人が注意した。

「ええええええええい」

先頭に立った禿《かむろ》と呼ばれる童女が独特の声をあげていた。

声をあげる童女に続いて、太夫が敷く座布団を手にした禿、太夫の夜具を持った忘八、傘持ちなどに続いてひときわ人目を引く女がゆっくりとやってきた。

「あれはなにを」

新左衛門は太夫の歩みを見て驚いた。

高さ五寸（約十五センチメートル）はありそうな下駄を履いた太夫の歩きかたは独特であった。

「あれが外八文字というやつでござんすよ」

太夫から目を離さず、職人が告げた。

裾を大きく蹴り、足を外へと開いて弧を描くように動かして一歩進む。そして、その反対を同じようにする。

太夫が一歩足を出すたびに、白い臑《すね》と赤い蹴出しが見えた。

「おおっ」

「さすがは初花太夫だ。染み一つない肌は千両だ」

見ていた男たちがよだれを流さんばかりにしていた。

「手間のかかる」

そんななかで新左衛門は、太夫の動きの遅さにあきれていた。なにせ、一歩が下駄の長さぶんしかないのだ。そのうえ、一歩踏むたびに、軽く首をかしげて、形を取る。

「ふふふ。それがいいのさ」

後ろから山形将左が言った。

「一晩揚げるだけで、心付けなどで十両はかかるんだ。とても庶民には手が届かねえ。そんな高嶺の花をじっくりと見られる」

「分をこえたものを見て、どうするというのだ」

山形将左の説明に、新左衛門は首をかしげた。

「今夜の夢に、太夫が出るくらいは、許されるだろう」

野暮を言うなと山形将左が、新左衛門をたしなめた。

「なるほどな」

新左衛門が納得した。

「これも吉原の手管《てくだ》だ」

人混みから外れるように、山形将左がきびすを返した。

「手管……」

「ああ。手が出ないとはわかっているが、あれだけの女を見た後じゃ、このまま一人てめえの膝を抱いて寝ようとは思うまい。帰るつもりだった客が、登楼する」

「ふむ」

「あと、太夫を買った客は、多くの男に羨《うらや》まれることで満足し、気が大きくなる。心付けをいつもより多く出すかも知れん」

「そういうものか」

新左衛門が感心した。

「吉原では、金さえあればなんでもできる。世間の身分をひっくり返すこともできる。大名が執心した遊女を横からかっさらえるのだ。金さえあればな」

「金……そうだろうな」

山形将左の言葉を新左衛門は認めた。

伊達藩士として、明日を心配しなくてよかった時代ではない。浪人した新左衛門は百文の金を稼ぐのがどれほどたいへんかを身にしみて知っていた。

「人であることを捨てた吉原の連中に頼れるものは金しかない」

「……………」

吉原の大門から内側は、常世ではなく苦界である。苦界に世俗の法はつうじない。吉原には、町奉行所の手は入らなかった。

「少しつきあえ」

山形将左が仲町通りから折れて、吉原を囲う壁へと近づいていった。

「ここは」

吉原の壁に沿うように、陋屋《ろうおく》が軒を並べていた。

「お出でなさいな」

「八十文でひとときでよろしゅうございますよ」

たちまち二人を薄汚れた忘八が取り囲んだ。

「なんだ」

表通りにいた忘八とは明らかに様子が違っている忘八たちに、新左衛門が驚いた。

「陋屋のなかを覗《のぞ》いてみろ」

小声で山形将左に言われて、新左衛門は目をこらした。

「……うっ」

なかにいたのは老いた妓や病で鼻の欠けた遊女であった。

「行こう」

山形将左が、仲町通りへと歩き出した。

「冷やかしはいけやせん」

「見せものじゃねえ」

薄汚れた忘八たちが凄《すご》んだ。

「悪かったな」

懐から小粒銀を出した山形将左が、一人の忘八の手に握らせた。

「みんなで飲んでくれ」

「こいつはどうも……」

とたんに忘八たちの態度が変わった。

「今のうちだ」

山形将左に急かされて新左衛門も壁から離れた。

「今のは……」

「二十八歳の年季奉公終えまでに借金を返せなかった女と、掟を破って折檻され、見世から切り捨てられた妓だ」

問うた新左衛門へ、山形将左が答えた。

「太夫が吉原の光なら、今のは闇だな」

山形将左が言った。

「………………」

新左衛門が絶句した。

「さあ、帰ろうか」

「いいのか」

馴染みの遊女のもとへ寄らなくていいのかと、新左衛門が訊いた。

「今日は来ると教えてないからな」

小さく山形将左が首を振った。

「不意に寄るとな。女が困るのだ」

「困るとは……」

「身体のつごうだとか、他の客とかあるだろう。気に入った客が重なって、あちらで抱かれた後、もう一人のもとへ行く。遊女として当たり前のこととはいえ、された客は気持ちいいものじゃない。他の男のものが入ったばかりのところへ、己ののを入れるんだ」

「たしかに」

想像した新左衛門が眉をひそめた。

「好きな女は独り占めしたいだろう。妾番をしていればわかるはずだ。妾番は旦那の嫉妬。突き詰めていけば、気に入った女を独占したいという思い。いわば、妾は究極の遊女だ。己一人のものだ。昨今、妾屋が繁盛するのはそこにあるのかもしれんな」

「我らの飯のたねでござるな」

新左衛門が理解した。

「だから、不意にはいかない。それが心得というものだ。しかし、大月氏、そこまでなにも知らないのはどうかと思うぞ。いや、拙者も十六歳まで同じだったな。何一つ己でせずとも、周りがすべてしてくれた。妻となる女も親が見つけてきた」

寂しそうに山形将左が言った。

「妻……妻帯されておられたのか」

「五年だけだがな」

「……亡くなられたのか」

「さあな」

冷たく山形将左が首を振った。

「生きているだろうよ。殿さまの側室としてな」

「………」

その意味を悟った新左衛門が絶句した。

それ以上話す気はないと、山形将左が大門を出た。

大門を出たところには、編み笠茶屋が軒を並べていた。編み笠茶屋は、吉原通いを他人に見られてはつごうの悪い名のある武家や僧侶たちが利用した。顔を隠すための編み笠を借りるだけでなく、一目で身分のわかる紋付きや袈裟《けさ》を預け、代わりに変哲のない着物を身につけて変装する。当然、出入りも他人目をはばからなければならないため、編み笠茶屋は、妾屋よりも長い暖簾を掲げていた。

　左右に並ぶ編み笠茶屋を過ぎたところに、一本の柳が立っていた。

「見返り柳だ。ここを過ぎると道が曲がって吉原が見えなくなる。男は皆、ここで足を止め、大門を振り返って女との逢瀬を思い出し、別れを寂しがる」

　山形将左が柳に手をかけた。

「なるほど」

　振り返った新左衛門は吉原の大門を見て、納得した。

「ようするに、男たちはここでさっき抱いた女が己のものでないと、知らされるのさ」

　情のある話を山形将左が壊した。

「さきほどまでぬくもりを感じていた相手は、あの大門の向こう。決して連れ出すことはかなわない。また会いたいならば、相応の金を用意しなければならない。この柳は、浮かれた男たちを現実に戻す役目もしている」

「色気のねえことを言うねえ」

山形将左の言葉に、反論の声がかかった。

「誰だ。かなり前からずっとつけてきているようだったが」

動揺も見せず山形将左が訊いた。

「お初にお目にかかる。南町の同心中山陶太《とうた》と言う。見知りおいてくれ」

近づいてきた男が名乗った。

「町方がなんの用だ」

山形将左が懐に隠していた手を出した。

「そう警戒するな」

抜き撃たれないよう、三間（約五・四メートル）離れたところで中山が止まった。

「辰の旦那だろう」

「話が早いな」

中山が笑った。

「捕まえに来たか」

新左衛門が腰を落とした。

「おっと。待ってくれ」

あわてて中山が手を前に出した。

「おめえさんたちを捕まえる気はねえよ」

町民ともっとも密接にかかわる町方同心は、幕臣のなかでも格別砕けていた。

「では、何用だ」

厳しい顔で山形将左が尋ねた。

「浮き世の義理というやつだな」

中山が言った。

「手札を与えた者から、出張ってくださいと言われれば、行くしかないんだよ。町方の旦那でございといったところで、定町廻りはたったの六人しかいねえ。この六人で江戸八百八町を見張るなんぞできっこねえだろう。結局は町のことをよく知っているやつに手札を渡して任せるしかねえ」

町奉行所は二十五人の与力、百二十人の同心で編成されていた。南北合わせても、この倍しかいないのだ。とくに江戸市中の治安を担当する定町廻り同心は、六人、南北で十二人だけである。とても手が回るはずなどなかった。

「手下にそっぽを向かれれば、明日からおいらはなにもできやしねえ」

「だからといって、手下の無理に手を貸すのはどうかと思うぞ」

皮肉な笑いを山形将左が浮かべた。

「わかっているさ。辰が悪いとな。だが、簡単にあしらえないのだよ。そのあたりの機微をくんでくれると助かる」

中山が告げた。

「で、声をかけた理由は」

「顔合わせと謝罪だ」

山形将左に訊かれて、中山が答えた。

「手札を与えた旦那として詫びる」

ていねいに中山が頭を下げた。

「十手を持つ者が恣意で、遣っては話になるまい。取りあげたらどうだ」

当たり前の要求を山形将左が出した。

「いろいろあってな。それはできないんだよ」

中山が嘆息した。

「今も見ているようだが……」

新左衛門が編み笠茶屋の一軒を指さした。わずかに開かれた暖簾の隙間から、目が覗いていた。

「……馬鹿が」

小さく中山が吐き捨てた。

「後で叱っておくのでな。これで勘弁願えないだろうか」

「それは奉行所に苦情を持ちこむなということだな」

「ご賢察のとおりだ」

山形将左の確認に中山が首肯した。

「もう二度と我らにかかわらぬな」

「罪を犯さぬ限りはな。なにかしでかしたときは、遠慮しねえよ」

中山が釘を刺した。

「心配するな。我らは正業についておる。ちゃんと働いた金で喰い、遊ぶ。遊びといっても博打はせぬしな」

「ああ」

顔を見られた新左衛門が同意した。

「ならばけっこうだ。邪魔して悪かったな」

手を振って中山が離れていった。

「……くせ者だな」

「…………」

呟《つぶや》くような山形将左に、新左衛門は首をかしげた。

「わからないか。町方同心とはいえ、あいつは役人だ。役人で腰の低いやつなどいるはずもない。あれは擬態だな」

山形将左が息を吐いた。

「そういうものか」

「ああ。役人とは偉そうにするのが仕事だ」

わかりきっていない新左衛門へ、山形将左が断言した。

四

五十間道を進んでいった新左衛門と山形将左の姿が曲がるまで見送って、中山が編み笠茶屋の暖簾をくぐった。

「旦那。いかがでござんした」

「馬鹿野郎」

待っていたとばかりに近づいてきた辰を、中山が叱りつけた。

「す、すいやせん」

親子ほど歳の離れた同心に、怒鳴りつけられて辰が縮みあがった。

「しっかり今も見破られていたぞ。それでよく御用聞きが勤まるな。御用聞きは、下手人の巣を見つけるため、他人のあとをつけるのも仕事。たとえ一里（約四キロメートル）でもばれずにできて当たり前だというのに」

中山が情けないと天を仰いだ。

「みっともないことで」

辰が小さくなった。

「おめえの間尺《ましやく》に合う相手ではない。もう手出しをするな」

「ですが旦那、これは浜松屋さんのお願いでございまして。それに金ももうもらってしまったので……このままというわけには」

命じる中山に、辰がすがった。

「金か」

中山も苦い顔をした。

「駄目でしたと返すわけにはいかねえ。頼りがいがないと、次から金をもらえなくなる」

「でござんしょう」

辰が勢いこんだ。

三十俵二人扶持《ぶち》という薄禄ながら、町方同心は毎日紺足袋を履くほど裕福であった。一日履けば、砂埃で真っ白になる紺足袋は、洗えば色落ちする。二度履きか、初物か一目でわかるのだ。紺足袋の色落ちを履くのを、江戸では野暮と言い、馬鹿にされる一因であった。

粋をなによりとする町方同心が、そのような無粋なまねをするはずなどない。つまり紺足袋を使い捨てるだけの金を町方同心は持っていた。その金の出所が、江戸の裕福な商家であった。商家はもめ事を嫌う。

奉公人が金を持ち逃げする。

商家ならばどこでも経験していることだが、表沙汰になれば、あそこの奉公人は盗人だから、商品も信用できないとなりかねない。そこで商家は、なにかあっても、内済にしようとする。

町人の犯罪は町奉行所の管轄になる。商家がいかにもめ事を隠そうとしても、町奉行所に知られてしまえば終わりであった。捕り方を連れて店に踏みこみ、近所の目など気にもせず、犯人を縄打って連れて行く。これでは、被害者である店もたまらない。そこで、商人たちは、節季ごとに決まった金を町奉行所の同心や与力に渡し、騒動にならないよう気遣ってもらうようにした。江戸中の商家から、幾ばくかとはいえ金が集まるだけに、馬鹿にならない額になる。それこそ本禄の数倍からあるのだ。その金で同心たちは贅沢をし、なかには妾を囲っているものさえいる。もちろん、商人にとって命に等しい金を出すのだ。有能でなければもらえない。失敗すれば、金を渡す相手を変えられてしまう。商家からの付け届けが減ることは、同心の生活に大きな影響を与えるだけに、中山が悩んだのも当然であった。

「しかたねえ」

「やってくださいますので」

同心の同行命令には、新左衛門も山形将左も逆らえない。浪人は町人同様の扱いだからであった。

辰が勢いづいた。

「おいらの首を飛ばすつもりか。無理矢理罪など押しつけられるわけないだろうが」

中山があきれた。

「そこは捕まえてしまえば、いくらでも責め問いで」

拷問すればいいと辰が言った。

「……おめえは何年御用聞きをやっている。責め問いをするには、軽い杖たたきでも、吟味与力さまのお許しがいる。石抱きにいたっては、御老中さまのご認可がいるのだ。すぐに冤罪だとばれるわ」

「すいやせん」

怒鳴りつけられて辰が小さくなった。

「ちったあ、頭を使え。まったく、手札を取りあげるぞ」

「それだけはご勘弁を」

辰が中山にしがみついた。御用聞きが町で顔役でいられるのは、町奉行所の手下という立場があるからであった。それを失ったとたん、今まで辰が十手を振り回しておこなってきた悪辣《あくらつ》なまねの報復が来る。店が潰れるだけですめばいい。下手をすれば命さえも危なかった。

「うっとうしい、離れねえか」

邪険に中山が辰を振り払った。

「……とはいえ、このままでは困るな」

中山が腕を組んだ。

「我らが直接手出しをするわけにはいかない……となると誰かを使うしかないが、無頼の連中では話にならぬ」

「あの二人は強すぎまする」

痛い目に遭った辰が同意した。

「妾屋の用心棒か……」

しばらく中山が思案した。

「ぶつけてみるか」

中山が呟いた。

「誰とでやす」

辰が尋ねた。

「吉原よ。ともに女を喰いものにしている。商売敵というやつだな」

おもしろそうだと中山が笑った。

町奉行所の支配を受けないとはいえ、吉原が町方を拒んでいるというわけではなかった。

「お珍しいことで」

面会を求めた中山に、西田屋甚右衛門《にしだやじんえもん》が応じた。

「なかなか吉原惣名主に用なぞないからな」

中山が苦笑した。西田屋甚右衛門は、吉原創始庄司甚内の子孫で、代々吉原惣名主を継承してきた。

「わたくしにではなく、妓に会っていただければよろしいのですがね」

客として来いと、西田屋が暗に言った。

「吉原一の暖簾を誇る西田屋の馴染みになれるほど、金はないさ」

来る気はないと中山が返した。

「で、ご用件は」

茶も出さず、西田屋が急かした。

「妾屋というのを知っているか」

「存じておりますとも。闇ごと一つまともにできない質の悪い素人を客に紹介する商売でございましょう」

「遠慮のねえ言いかただな」

中山があきれた。

「取り繕ってもいたしかたございますまい。中山さまのご用件を考えれば」

すっとほほえみを西田屋が消した。

「……………」

中山が沈黙した。

「わたくしになにをさせたいので」

「妾屋が邪魔ではないかと思ってな」

中山が述べた。

「邪魔……おふざけを。妾屋が我ら吉原の敵だとでも。まだ、岡場所のほうが、脅威でございましょう」

西田屋が鼻先で笑った。

「いいのかい。ちと調べただけで、この半年妾屋が斡旋した女の数は、百をこえる」

「百くらい。この吉原にいる遊女の数は、数千でございますよ」

どうということはないと西田屋が手を振った。

「わかっていねえのか、それとも知らぬ振りをしているのか」

独り言のように中山が口にした。

「いいか。百人をこえる妾ということはだ。妾を囲えるほど金のある男が、吉原に来ていないということだ」

「……………」

中山の説明に、西田屋が口をつぐんだ。

「わかっていたか、やはり」

その反応に中山がうなずいた。

「西田屋、おめえは吉原惣名主でありながら、見世に太夫がいないそうだな」

「……それがなにか」

西田屋がじろっと中山を見た。

「おめえの見世だけじゃねえ。かつては三十人近かった太夫が、今じゃ十人ほどだとか。これを吉原の衰退と言わずしてどうする」

中山が語った。

太夫は金がかかる。もちろん、それに見合うだけの値打ちはある。かといって、それだけの金を月に何度かの逢瀬のために遣える男はそうそういなかった。とくに武家が借財で身動きできなくなった寛政の世である。金を持っているのはごく一部の裕福な商家の主だけしかいない。吉原の客は減っていなくとも、一人あたりが遣う金の嵩《たか》が少なくなっている。そう、吉原の売り上げは、元禄を頂点として、ずっと減少し続けていた。

売り上げが落ちれば、出て行くものを絞るしかなくなる。

美貌だけでなくお茶やお花、詩歌に舞踊と習い事すべて一流でなければならない太夫は、一人育てるのに莫大な費用がかかった。選りすぐった女を、さらに磨いてこその太夫であり、吉原の看板なのだが、客が来なければどうしようもない。見世も意地だけで赤字を我慢できるわけもなく、吉原の太夫は減り続けていた。

「妾を減らすわけにはいかぬだろうな。男はどこからでも女を求めるからな。だが、名のある商家は別だ。名のある商家は外聞を気にする。囲っていた妾が、金遣いの荒い女だったり、主の悪口をあちこちで触れて回るようでは困る。見た目だけで手を出して、痛い目に遭った商家はいくらでもある。対して妾屋は、己の紹介した女の責任を負う。だから名のある商家は信用ある妾を求めて、妾屋に頼む」

「妾屋がなくなれば、商家の旦那たちが吉原へ戻ってくると」

「他にあるまい。まさか、日本橋越後屋の旦那が、深川の岡場所へ行けるはずもなかろう」

日本橋の越後屋は、江戸一の呉服屋である。その財は、百万石の加賀藩を凌駕《りようが》するとまで言われていた。

「なぜ妾屋を」

西田屋が問うた。

「表では手出しできないが、ちとまずいのだよ。妾屋の一軒がな」

隠さず中山が話した。

「どこの店で。ああ、ご心配なく。吉原は外にいっさい話を漏らしませぬ」

「知っているさ。それくらいはな。でなきゃ来ねえよ」

保証する西田屋に、中山が口の端をゆがめた。

「…………」

じっと見つめる西田屋に中山が両手をあげた。

「わかっている。こっちが動けないのを、なすりつけたのだ。なにかあったときは、おいらにできるだけのことをする」

中山が宣した。

「多少のことなら、もみ消してくださると」

「限界があるぞ」

言う西田屋に中山は釘を刺した。

「それくらいはわかっておりますよ。では、お伺いいたしましょうか。どこの妾屋がお邪魔でございますか」

西田屋が促した。

「浅草の山城屋昼兵衛だ」

中山が告げた。

第三章　吉原の謀

一

山城屋昼兵衛を痛めつけてやろうと、御用聞きを使ったはいいが、あっさりとかわされた浜松屋は、憤りの行方を求めていた。

「妾屋づれに……幕府お出入りの浜松屋が……」

浜松屋は唇を噛んだ。

「どうしてくれようか」

「あきらめる気にはならねえようだな」

手下の不手際を詫びに来た南町同心の中山が浜松屋を見た。

「悔しいではございませんか。たかが妾屋に、この浜松屋が笑われたままだというのは」

「面目が立たないか。昨今の武家よりも、立派な心構えだな」

中山が感心した。

「なにかよい手はございませんか、中山さま」

浜松屋が問うた。

「難しいなあ」

小さく中山が首をかしげた。

「そこをなんとか」

「多少金はかかってもかまわねえかい」

「もちろんでございますとも。なにかよい手がございますか」

中山の言葉に浜松屋が身を乗り出した。

「旦那。もう、触らぬのがよろしいのではございませぬか」

同席していた番頭の作蔵が主を抑えた。

「いいや、辛抱ならぬ。おまえは悔しくないのか。主人が馬鹿にされたのだぞ」

百年以上続いた老舗の主は、甘やかされた若旦那がそのまま育ったものであった。

「悔しくないとは申しませぬが……」

実質店を差配している番頭が口籠《くちご》もった。

山城屋を相手にすることで受けた被害と、主の復讐心の満足。店を預かる番頭としては、当然、前者が問題であった。

今回の桶屋の辰の一件でも、怪我をした手下たちへの見舞金、町方への賄《まいない》などで、かなりの金額を遣っていた。

「相当な費えがかかっておりまして」

作蔵がおずおずと告げた。

「それがどうかしたのかい。この店は、わたしのものだよ。わたしが死んだ父より譲られたものだ。潰そうとも文句は言われない」

「…………」

浜松屋の言いぶんに作蔵が絶句した。

「話はついたようだな。で、浜松屋、直接止めを刺さなければ気がすまねえかい」

「できればそういたしたいところでございますが、山城屋を潰せればよろしゅうございまする」

条件を浜松屋は緩めた。

「けっこうだ」

中山が浜松屋を見つめた。

「吉原を使う。手は打ってきた。あとは見ているだけでいい。吉原には、神君さまのお許しがある。それを使えば、いくら御小姓組頭さまといえども、どうしようもないさ」

訊いた浜松屋に中山が笑った。

昼兵衛のもとへ四条屋から呼び出しが来た。四条屋は京に本店を持つ妾屋の名門である。江戸に京女を紹介するのを主とし、大名家の顧客が多いことで知られていた。店の格、規模ともに群を抜き、江戸における妾屋のまとめ役のような立場にあった。

「忙しいときに、わざわざ来てもらってすまないね」

四条屋の主市朗兵衛《いちろうひょうえ》が頭を下げた。

「どうかしましたので。見たところ、江戸中の妾屋が参集しているようでございますが」

驚きを素直に表現したのは、やはり妾屋の老舗相模屋の主であった。

「ちょっと面倒が起こったので、来てもらったのだよ」

四条屋市朗兵衛が皆の顔を見た。

「面倒でございますか」

嫌な予感を昼兵衛は感じた。

「ああ」

首肯した四条屋が、もう一度全員の顔を見回した。

「吉原がね、妾屋は隠し遊女にあたると言い出してきたのだよ」

「馬鹿な」

「なにを言うか」

四条屋の口から出たことに、一同が驚愕した。

隠し遊女とは、吉原以外の妓を指す。岡場所の遊女などがそれである。吉原にとって競争相手どころか、客を奪う敵であった。そして、吉原にはその敵を葬るだけの名分があった。唯一のご免色里。この看板がそれであった。つまり、吉原以外の遊郭はすべて御法度なのだ。御法度なれば、御上の手入れを受ける。そう、町奉行所が岡場所へ入り、遊郭の主と遊女たちを捕まえた。そして遊郭の主は牢に送られ、捕まった遊女たちは年季奉公とは関係のない妓として、吉原に下げ渡され、それこそ死ぬまで客を取らされた。

二代将軍秀忠の決めた身売り禁止に抵触しないのは、捕まえられた遊女たちは、咎めを受け、人という身分から外されるからであった。

「みょうなことでございますね。最近、吉原は岡場所を訴えなくなっているように聞いておりましたが」

昼兵衛が首をかしげた。

隠し遊女の禁止が、金科玉条ならば、江戸から岡場所という遊郭は消えてなくなっていなければならない。だが、現実は、本所、深川、柳橋など、岡場所は殷賑を極めていた。

これら御法度の岡場所が見逃されているのは、ないとかえって悪事が増えるからという、施政者の都合であった。

男が多い江戸は、どうしても血気が盛んになる。喧嘩や刃傷沙汰《にんじょうざた》が絶えないのだ。

荒ぶる男の気を抑えるのに、女は必須であった。とはいえ、女の数が足りない。嫁をもらえる男など、ほんの一握りでしかなかった。残された男たちを和らげるのは、遊女しかいない。しかし、吉原だけではとてもまかないきれない。

そこで幕府は岡場所を黙認することで、遊女の不足を補い、城下の治安維持に役立てた。

公認ではなく、黙認だが、功罪をはかったとき、幕府は岡場所を潰すより置いていたほうがいいと判断していた。

そして、もう一つ、岡場所が生き残れる理由があった。

吉原が訴え出ない限り、町奉行所は岡場所に手入れをしない。これも先ほどの話につながる。吉原だけでは、江戸中の男の性欲を受け止められない。すべての男が吉原に押し寄せたら、遊女たちはそれこそ寝る間も、食事をする間もなく、客をこなさなければならなくなる。それでは、女の身体がもたないのだ。こうして吉原も岡場所を利用していた。

「最後に吉原が、隠し遊女の取り締まりを願い出たのは、わたくしの知る限りでは十年前の柳橋だったはず」

「だの」

「そうじゃった」

昼兵衛に数人の妾屋が同意した。

「岡場所をというならば、まだわかりまするが、我らに矛先を向けるとは、不自然ではございますまいか」

「たしかにそうだ」

四条屋が首肯した。

吉原が隠し遊女を摘発するのは、滅多にあることではなかった。吉原が町奉行所に手入れを頼むのは、いつも決まっていた。吉原を脅かすほどの人気が出た岡場所への報復であった。

いや、報復よりも実利であった。

岡場所にせよ、湯女《ゆな》にせよ、吉原が町奉行を動かして、手入れをさせたとき、かならず江戸中で評判となる女がいた。

有名なのが、丹前風呂にいた勝山太夫であった。勝山太夫はその美貌と気性で、人気を博していた。勝山太夫を争っての、喧嘩沙汰は日常茶飯事であった。

「吉原の太夫は見るだけだが、勝山なら触れることができる。うまくいけば、一夜の夢をともにできる」

湯女はどれだけ美貌でも、吉原の太夫ほど高いわけではない。また、三回かよわなければ、抱くことができないなどという馬鹿げた決まりも丹前風呂にはない。

男たちが吉原ではなく、丹前風呂へ群がったのは当然であった。

人が集まれば、それに応じて金も動き、丹前風呂は勝山には及ばないが、相当な美形の湯女を雇い入れた。こうして益々丹前風呂は繁盛した。

こうなると吉原も見過ごせず、手入れを町奉行に依頼、丹前風呂は潰された。そして吉原はただ同然の金で勝山を遊女として買い取り、太夫とした。

この勝山太夫が、吉原太夫行列の外八文字を考案、吉原指折りの名妓として、今に名を残している。

「吉原が手入れをするのは、敵を潰すというより、いい女を安く手に入れるため」

昼兵衛が断言した。

「それがなぜ妾屋に……」

大きく昼兵衛は首をかしげた。

「どなたか、一枚絵になるほどの女を抱えているということはございますまいな」

四条屋が一同に確認した。

「そこそこの女ならばおりますが……」

「名の売れた女はさすがに」

一同が否定した。

「四条屋さんこそ、京から連れてきたということはございませんか」

相模屋が問うた。

京女の四条屋、江戸女の相模屋は、妾屋の二大名店である。顧客の層も重なりやすく、いつも並べて評されるためか、互いに敵愾心《てきがいしん》を持っていた。

「うちは、ご要望を受けてから、京へ仕入れに行きますので、遊んでいる女はおりませんよ」

四条屋が嫌そうな顔をした。

「相模屋さんこそ、水茶屋で評判の女をどこぞへ、売りこもうとなさってはおられますまいな」

嫌みを四条屋が返した。

「それならば、もっと景気のいい表情をしておりますわ」

相模屋が額にしわを寄せた。

「まあまあ、お二人が争われては、わたくしども小店《こだな》は困りまする」

昼兵衛が割って入った。

「これはお恥ずかしい」

「失礼をいたしました」

すぐに二人が落ち着いた。

「話を戻しまするが、吉原が妾屋に難癖を付けてきた。これについて、どなたかお心当たりはございませんかな」

四条屋があらためて問うた。

「先日、わたくしの店で、吉原年季明けの遊女を一人、紹介いたしました」

隠しても意味がないと、昼兵衛は初の話をした。

「そのていどならば、わたくしも昨年、吉原で格子をしていた女をお旗本に」

別の妾屋が続いた。

格子とは吉原遊女で太夫に次ぐ格の妓を言う。見た目のよさはもちろん、太夫ほどでないにせよ、教養もあった。少なくとも文字の読み書きは、そのあたりの商家の娘と変わらないほどできる。

「わたくしもこの春に」

次々と妾屋が手をあげた。

「吉原で年季が明けた妓ならば、なんの問題もありませんな」

相模屋が困惑した。

「他に思い当たることはございませんかな。吉原だけでなくともけっこうでございますが」

範囲を拡げて、四条屋が問うた。

「妾屋でなにもない者などおりますまい」

「たしかに」

昼兵衛の言葉に、四条屋が苦笑した。

「四条屋さん、吉原の要求はなんと」

詳細を知りたいと相模屋が質問した。

「さようでございましたな。あまりに突飛なことで、皆さまにお話しするのを忘れておりました」

　四条屋が失念していたと述べた。

「吉原の要求は、今後江戸中の妾屋は、その支配下に入れと」

「なにを言うか。人でなしのくせに」

「ふざけたことを」

　一座から罵声があがった。

　苦界として世俗の権が及ばない吉原は、蔑視されていた。妾屋も胸を張れる商売ではないが、吉原のように借財で女を縛り、無理矢理客を取らせるような非道なまねをしていないどころか、嫌悪している。

「吉原の下に入れば、我らは女衒と同じですな」

　冷静に昼兵衛が言った。

「我らを女衒にするつもりか」

　相模屋が顔をゆがめた。

「肝煎りとしてのご意見を伺っても」

　昼兵衛は四条屋を見た。

肝煎りとして妾屋のとりまとめをしているとはいえ、四条屋に全権を預けた覚えはない。とはいえ、その考えが一同に大きな影響を及ぼすのはたしかであった。

「申しあげるまでもございますまい。わたくしは吉原に屈しませぬ」

四条屋が胸を張った。

「さすがだ」

「それでこそ、四条屋さん」

皆が賛意を示した。

「では、その旨を吉原に通知いたしますが、対処についてどういたしましょうか」

「各々でよろしいのでは。どこともおつきあいがございましょう」

案を求めた四条屋に相模屋が言った。

妾屋の強みは、客にあった。妾屋をつうじて求めた女は信用できる。それだけの実績を積まないと、上客はついてくれない。少なくとも妾屋として代を重ねた店ならば、名の知れた商人、旗本たちとのつきあいがある。なかには大名家に出入りを許されている店もある。

「相模屋さんのおっしゃったとおりでよろしいかな」

「けっこうでございまする」

一同が同意した。

「肝煎りとして一つだけお願いをさせていただきましょう。どういう形にせよ、吉原からの手出しを受けられたならば、かならずわたくしにお報せいただきたい。後日の参考といたしたく存じますれば」

最後に四条屋が情報の共有を指示して、集会は終わった。

二

四条屋の返事を受け取った吉原惣名主西田屋甚右衛門が、頬をゆがめた。

「お断りになると」

「そう主からお答えするようにと申しつかっておりまする」

確認する西田屋へ、四条屋の番頭が首肯した。

「妾は、身体を使うことからもわかるように、遊女であることは明らか。江戸の遊女はすべて、西田屋が支配するべしと神君家康さまより仰せつかっておりまする。

従わぬとあれば、御上に反することとなりますが」

「無茶を言われては困りますな。妾を遊女とは強弁にもほどがございましょう。妾は一人の旦那のお世話をする者。多くの男の相手をする遊女と同列に論じられますまい」

番頭が言い返した。

「さようでございますか。よくわかりましてございまする。後悔することになりますよ。吉原にはいろいろなお方とのおつきあいがございますので」

西田屋が脅した。吉原の客には名の知れた豪商や、大名家の重職なども多い。

「四条屋の名前をあまり甘くお考えにならないほうが、よろしゅうございますよ」

淡々と番頭が反論した。

「では、ご免を」

番頭が辞去した。

「甘く見ているのはどちらでしょうねえ。商家はすべて町奉行所の支配を受けまする。後で泣いても知りませんよ。おい、誰か一人ついておいで、南町奉行所へ行くよ」

西田屋が、立ちあがった。

南町奉行坂部能登守広吉のもとへ、年番方与力が伺候した。年番方与力とは、長く吟味方や例繰り方を務めた経験豊かな与力が任じられ、奉行所内の実務を取り仕切った。他職から異動してきて、いずれ転じていく町奉行よりも、はるかに力を持っていた。

「なんだ」

呼んでもいない与力に、坂部能登守は機嫌の悪い声を出した。

町奉行は二人で、数十万人をこえる江戸の町民を差配している。治安だけでなく、水道の維持や防災などもその任にある。他にも市中の物価の統制などもしなければならず、多忙を極めた。

今も夜半にかかろうかという刻限でありながら、坂部能登守は書付の処理をしていた。

「ご多忙中畏れ入りまするが、ご裁可願わねばならぬことができました」

睨みつける坂部能登守を気にせず、与力が口を開いた。

「吉原から、手入れの願いが出されましてございまする」

与力が用件を述べた。

「珍しいな。どこだ。深川か、柳橋か」

坂部能登守が問うた。

「岡場所ではございませぬ。浅草の人入れ屋山城屋でございまする」

「人入れ屋を吉原が……」

わからぬと坂部能登守が首をかしげた。

「人入れ屋とは名ばかりの店でございまする。山城屋は女を旦那に紹介する、通称妾屋でございまして」

「妾屋、山城屋だと……」

坂部能登守が手にしていた書付を置いた。

「林出羽守さまが、気にしていた者……」

口のなかで坂部能登守が呟いた。

かつて林出羽守が昼兵衛の名前を出しただけでなく、ずいぶんと買っていたことを坂部能登守は思い出していた。

「いかがなさいました」

　奉行の表情の変化に気づかないようでは、年番方は勤まらない。与力が問いかけた。

「なんでもない」

　さっと坂部能登守が平静を装った。

「よいのか」

　坂部能登守が確認を取った。

「前例はございませんが、妾も春をひさぐ者。遊女と言えぬわけでもございませぬ」

　与力が強弁した。

「止めておけ」

　坂部能登守が命じた。

「はあっ……」

「認めぬと申した」

きょとんとした与力に、坂部能登守がもう一度告げた。

「これは、吉原に許された正当なもので……」

「山城屋は、岡場所だというのか」

反論しようとした与力に、坂部能登守が押し被せた。

「それは違いまするが」

「御執政方より、ご下問あったとき、どう説明するのだ」

吉原の願いである手入れは、人身売買を伴うことから、老中たちへの報告が義務づけられていた。

「女に客を斡旋していたと仰せられればよろしいかと。お奉行はご存じないやも知れませぬが、過去岡場所の手入れは、いつもそうやっておりました」

与力が教えるように言った。

町奉行は転勤していく。だが、与力は先祖代々、子々孫々まで町奉行所に属するのだ。だけに、町奉行を軽く見る傾向が与力たちにはあった。

「それですむのか。妾屋を手入れした前例はないのだろう。それを押してやる。つまり、前例を作ることになる」

町奉行を出世の階段としか考えていない旗本は、実務に長《た》けた与力たちの意見に逆らわない。いや、諾々と従うことで、軋轢《あつれき》をなくし、なにごともなく役目をすませようとする。今までは坂部能登守もそうであった。それが、初めて違う態度に出た。

「……さようでございまする……」

不安なものへと、与力の口調が変わった。

「前例となればいいがな」

「えっ」

じっと見つめる坂部能登守に与力が息を呑んだ。

「どういうことでございますか」

「そなたは例繰り方を経験していなかったかの」

坂部能登守が問うた。

「いえ、八年しておりました」

与力が答えた。

例繰り方とは、その名のとおり、町奉行所で裁かれた判例、捕りものにおける行動などを示した帳面を保管し、追補していく役目である。いわば、町奉行所の行動規範と言えた。

「今回のこと、例繰り帳面に記載されるかの。記載されれば前例、されなければ失策」

「…………」

言われた与力の顔色がなくなった。

「前例に従えば、失敗しても咎められないのが慣例だ。だが、前例にないことをしてしくじった場合は、その責任を取らねばならぬのも決まり。ゆえに儂はご免だな。やりたいならば、そなたの名前でやれ。独断でおこなうならば、目をつむることくらいしてやろう」

用はすんだと、坂部能登守は、先ほどまで見ていた書付へ戻った。

「……お奉行さま、なにをご存じなのでございまするか」

与力が窺《うかが》うような目で、坂部能登守を見た。

「いくらもらった。そなたが、それを言えば、余も話そう」

「…………」

条件を聞かされた与力が沈黙した。

「前例のないことで、町奉行所を仕切る年番方まで動かす。吉原はそうとうな金を積んだのだろう」

「御身に行かなかったことをお恨みか」

分け前をもらえない不満による拒絶かと、与力が問うた。

「百両やそこらならば、要らぬな。いや、千両でもご免だ。家ごと潰されたくないのでな」

「家ごと……」

話の大事さに、与力が絶句した。

「それ以上知りたければ、同心どもを動かす前に、山城屋を調べるのだな。さすれば、わかる。下がれ」

これ以上は話をする気はないと、坂部能登守が手を振った。

「………」

一礼するのも忘れて、与力が出て行った。

「大奥の次は吉原……出羽守どのは、どこまで手を伸ばされるおつもりか」

一人になった坂部能登守が、書付から目を離して嘆息した。

西田屋は、置かれた切り餅を前に苦い顔をしていた。

「お返しくださると」

「ああ」

与力が小さくうなずいた。

「町奉行所は、手入れをなさらぬ。そう考えてよろしいのでございますな」

淡々とした声で西田屋が確認を求めた。

「山城屋に疑義はない」

与力が断言した。

「今まで十分なものをさせていただいたと思っておりましたが」

西田屋が小さく首を振った。

「無実の者をどうこうするわけにはいくまい」

「……無実とはなにを仰せになられるやら。そのようなもの、小伝馬町の牢でちょっと石でも抱かせれば、いくらでもしゃべりましょうに」

「…………」

口の端をゆがめる西田屋に、与力が黙った。

「いつもなされていることをしてくださいとお願いしただけでございましたが」

「できぬものはできぬ」

与力が拒んだ。

「では、せめてその理由をお教え願いたいのでございますがね」

西田屋が裏を教えろと迫った。

「お奉行さまが認められなかったのだ。お奉行さまの許しなく、手入れをおこなうわけにはいかぬ。初めてお奉行さまが、首を縦に振らなかった」

山城屋昼兵衛のことを調べることなく、与力は坂部能登守の態度だけで危ないと感じ取ったのであった。

「坂部能登守さまが……そういえば、坂部さまにはご挨拶をいたしておりませんでした。それででございましょうか」

もっと情報をよこせと西田屋が与力に迫った。吉原の大門内は、町奉行所の手が入らない。だが、大門を一歩出れば、そこは町奉行の支配する土地なのだ。吉原の忘八は、料金の付けを取りに行くために、江戸の町を歩くことも多い。金にかかわるだけに、もめやすい。また、吉原の忘八は見世の名前が入った半纏《はんてん》を身につけなければならず、そのため絡まれることもある。そういうときのために、吉原は町奉行所へ節季ごとにかなりの金を付け届けていた。

とはいっても金は町奉行所に対してのもので、与力、同心には行き渡るが、町奉行には渡らなかった。町奉行が実務を取り仕切っていないからである。いつ転じていくかわからない町奉行に金を払うより、実際に現場で動く与力、同心に贈るほうが、効果は高い。

「金ではない」

はっきりと与力が否定した。

「では、どうして」

「ここまでだ」

与力が席を立った。

「お待ちを。これでは、今までどおりのおつきあいはできかねまする」

暗に渡している金を減らすと西田屋が告げた。

「いたしかたあるまい」

あっさりと与力が認めた。

「邪魔をした」

逃げるように与力が去っていった。

「…………」

残された西田屋が沈思した。

「町方が金を拒んだ」

西田屋が難しい顔をした。

「与蔵《よぞう》はいるかい」

手を叩いて西田屋が呼んだ。

「……これに」

三十歳くらいの忘八頭がすぐに顔を出した。

「坂部能登守とはどんな男だい」

「昨年、大坂町奉行から南町奉行に転じて参った者でございまする」

与蔵が答えた。

「大坂町奉行から……それはまた栄転だね」

西田屋が驚いた。

江戸町奉行は、寺社奉行、勘定奉行とともに三奉行として幕政に携わることのできる顕官である。大坂町奉行、長崎奉行、京都町奉行などから抜擢されてくる者もいないわけではないが、多くは寄合あるいは勘定奉行から転じた。

「誰の引きだい」

「小姓組頭林出羽守さまと親しいようでございまする」

続いての問いにも与蔵がすんなりと答えを返した。

吉原にはいろいろな噂が集まった。なにせ毎日何百という男が来て、女を抱くのだ。その最中の睦言《むつごと》は、それこそあらゆる話を含む。

幕府の人事から、隣町の娘を抱いた男まで、江戸で起こった事象すべてを網羅していると言っても過言ではなかった。

「ご当代さまの寵臣か。山城屋はかかわってくるのか」

「へい。山城屋は林出羽守さまのもとに出入りしていたはずで」

「それでか。山城屋め、早速すがったか」

西田屋が頬をゆがめた。

「北町奉行所を使いましょうか」

「いいや、止めておこう。林出羽守の耳に入ってしまったならば、かえってやぶ蛇になりかねない」

与蔵の提案を西田屋が却下した。月番の南町が拒んだことを北町奉行所がする。これはあからさまに目立つ。

「とはいえ、このままにはしておけぬな。江戸の金持ちはすべからく吉原の太夫に集まってくれねばならぬ。高嶺の花と言われる太夫を、その腕に抱くまで、千金を投じてかようべきなのだ。それをはるかに安い金で斡旋された妾を抱くことで満足されては困るのだ。吉原に落ちる金が少なくなっている」

西田屋が吐き捨てた。

「…………」

黙って与蔵が聞いた。

「太夫道中の姿こそ、吉原の形。世に知られた女は吉原の太夫であり、その太夫を吾がものとすることで、男としての矜持を満足させる。他人に自慢できる女は、吉原だけのもの」

強く西田屋が言った。

「妾屋など、我らの相手にもならぬと見過ごしてきたが、そろそろ痛い思いをさせねばならぬ。与蔵、女を一人用意しなさい。そうよな、できるだけ借財の多い女がよい」

「見た目と歳はいかがいたしましょう」

「そうだね。あまり吉原に染まっていないのがいいね。二十歳くらいで。見た目は美しすぎないように気を遣ってくれ」

西田屋が条件を付けた。

「うちには手頃な女がおりません。他所《よそ》さんから融通していただいても」

「かまわないよ。お代金はしっかりお支払いしなさい」

「はい」

「あとは、その女を……」

「山城屋に潜りこませると」

「そうだ。外からなら堅いだろうが、殻のなかに入ってしまえば、黄身を潰すのは簡単だからな」

にやりと西田屋が笑った。

「承知いたしました」

与蔵が頭を下げた。

三

四条屋の話を昼兵衛は林出羽守に持っていかなかった。

「これ以上頼れば、それこそ、八重さんを大奥へ取られますよ」

新左衛門へ昼兵衛が笑った。

「それは困るが……よいのか。吉原を放置しておいて」

懸念を新左衛門は表した。

「大事ございませんよ。吉原には、力がございませんからね」

「力がない……」

新左衛門が首をかしげた。

「言いかたがよろしくございませんでしたね。吉原は大門のなかでは、無敵でございますが、外では無力なのでございますよ」

昼兵衛が表現を変えた。

「よくわからん」

「吉原の住人が人として扱われないというお話はいたしました」

「ああ」

「女はおわかりでしょう。金で縛られて、借財がなくなるまで吉原から出られない。では、男たちはどうでございましょう」

「男たち……」

新左衛門が考えた。

「男たちは、逃げこんだ者でございまする」

問うておきながら、ときが惜しいとばかりに、昼兵衛が答えを口にした。

「故郷で人を殺した。金を取った。年貢を納めきれず、逃げ出した。など、見つかればただちに捕らえられ、下手すれば、首と胴が切り離される咎人ばかりなのでございますよ」

「そうか。吉原には町奉行所が入れない。だから、逃げこんだ」

「さようでございまする。吉原以外で生きていけない男たち」

「だったら大門から出られないいんじゃないのか」

手配されているなら、江戸の町は歩けない。江戸は町内ごとに細かく区切られているため、よそ者が入り込めばすぐにわかった。

「はい。でもそれでは、用が足せません。吉原にも料金の取り立てなどはございますから」

庶民たちが一夜の悦楽に支払うのは現金と決められている。が、太夫や格子女郎を揚げての遊びとなれば、金額も大きくなる。また、接待として使われることも多い。それらは、節季ごとのまとめ払いとなった。

「どうするんだ。出たら捕まるのだろう」

「看板を背負って歩くのでございますよ」

昼兵衛の言う看板とは、見世の名前の入った法被《はっぴ》のことだ。

「見世の看板を身につけている間は、どれだけ悪辣なまねをした野郎であろうとも、町奉行所はいっさい手出しをいたしません。もちろん、あらたに何かしたときは別でございますよ。そして、看板を脱いだ、あるいは着ずに出たとなれば、ただちに捕縛されまする」

「なるほど。看板が身分保証というわけか」

新左衛門が納得した。

「ということは、吉原の忘八と一目でわかる」

「はい」

昼兵衛がうなずいた。

「なにかしようと近づいてくれば、気づけるわけだ」

「まあ、向こうが死を覚悟で看板を脱いでくれれば別ですがね」

なんとも言えない表情を昼兵衛は浮かべた。

「死兵……」

新左衛門も顔をゆがめた。

死兵とは、帰還を期していない兵のことだ。最初から命を捨ててかかっているため、腕を奪ったていどでは戦いを止めない。

「数を集められては、勝負にならんぞ」

「大丈夫でございますよ。吉原もそこまで肚をくっているわけではないでしょうし、町奉行所も黙っていませんからね。看板を脱いだ忘八を外に出す。これは、吉原からの挑戦でございまする。いかに金で吉原に飼われているとはいえ、面目を潰されては奉行さまの先はなくなりまする」

「出世か」

一層新左衛門は嫌な顔をした。

「なにより、幕府は大門うちに口出しをせず、吉原は大門外に出ない。この決まりを破ることになりますからね。しかも、吉原が先に手を出すんです。幕府が黙って見過ごすはずはございません。江戸にありながら、唯一幕府の手が及ばない場所。そのような場所をいつまでも放置しているはずはございません」

昼兵衛が述べた。

「とはいえ、一人、二人ならわかりませんから、十分に気を付けねばなりませんが」

「心得た」

新左衛門が強く首肯した。

坂部能登守は、林出羽守の屋敷を密かに訪れていた。

「夜分に申しわけございませぬ」

多忙を極める町奉行である。他家を訪問するとしても、日のあるうちに時間ができることなどなかった。

「なに、気にされるな。拙者も御用を終えたばかりでな」

林出羽守が手を振った。

十一代将軍の寵臣として、側近くに仕える林出羽守は、家斉が大奥へ入るか、お休息の間で眠りにつくまで、下城できなかった。

「本日はお休息の間でお休みに」

「ああ」

坂部能登守の問いに林出羽守がうなずいた。

将軍の大奥入りは、おおむね七つ過ぎ（午後四時半ごろ）であった。中奥で入浴をすませた将軍は、大奥へ入り、そこで夕餉《ゆうげ》を摂《と》るのが慣例となっていた。対して、中奥で独り寝をするときは、遅くなった。六つ（午後六時ごろ）前に入浴をすませ、夕餉の後、宿直番《とのいばん》の小姓たちと酒を飲んだり、話をしたりして五つ（午後八時ごろ）から四つ（午後十時ごろ）まで起きていることもある。本日は、林出羽守の相伴で五つ過ぎまで家斉は酒をたしなんでいた。

「どうかしたのか」

前置きは終わりだと林出羽守が用件を問うた。

「じつは……」

坂部能登守が、吉原からの要望を伝えた。

大坂町奉行をしていた坂部能登守を町奉行に抜擢したのは、林出羽守であった。林出羽守は、坂部能登守の手腕を買い、将軍の膝元の治安を任せられると考えたのである。

「……ほう。妾屋を岡場所と同じく扱えと」

林出羽守が小さく笑った。

「よほど吉原も困っていると見える」

「金でございましょうか」

「たしかに金もそうだろうが、それよりも名前であろう。天下の美姫は吉原にあり。

これが根底から崩れかけている」

「誇り……吉原ごときが」

坂部能登守があきれた。

「人として扱われない。だからこそ、女の評判で人後に落ちるのが許せないのであろうな」

林出羽守が一定の理解を見せた。

「しかし、吉原が御上の決めた法の扱いに口を出してくるなど許されるべきではない」

「と考えまして、与力には認められぬと申しておりまする」

胸を張って坂部能登守が報告した。

「それはけっこうだが、そのままあきらめるとは思えぬ」

「まさか、外でもめ事を起こすと」

坂部能登守が懸念を見せた。

「見張らせましょうか」

吉原に人を貼り付けようかと、坂部能登守が提案した。

「いや、いい。そこまでしてやる義理はない」

「一つお聞かせ願いたいのでございまするが、山城屋とは何者でございましょう」

思いきって坂部能登守が訊いた。

「山城屋は、まあ、余が気に入っているだけだがな……」

「…………」

坂部能登守が黙って続きを待った。

言葉を紡ぐ前に、すっと表情を林出羽守が引き締めた。

「その係《かか》う人《ど》である菊川八重は、上様のお気に召した女である」

「う、上様の……」

坂部能登守が息を呑んだ。

「しかし、それでは話が合いませぬ。上様と妾屋の係う人がどうやって……」

「それ以上を知らずともよい」

厳しい声で林出羽守が坂部能登守の疑問を遮った。

「……失礼をいたしました」

坂部能登守が悔しそうに退いた。

「わかったならば帰れ。町奉行は明日も早いのだろう」

林出羽守が命じた。

町奉行は五つ過ぎ（午前八時半ごろ）には登城していなければならない。四つ（午前十時ごろ）に登城する老中からいつ下問があっても応じられるように、準備するためである。その前に町奉行は前夜の状況を知るため、明け六つ（午前六時ごろ）には奉行所へ出て、宿直をしていた与力から報告を受ける。深更まで書付を処理することもあり、町奉行は一日二刻（約四時間）ほどしか、休みがなかった。

「ご免を」

「ああ」

出て行きかけた坂部能登守へ、林出羽守が声をかけた。

「吉原に飼われている与力に申しておけ。菊川八重になにかあったならば、町方すべてが上様のお怒りを買うだろうとな」

「伝えまする」

首肯して坂部能登守が去った。

「妾屋と吉原か」

一人になった林出羽守が呟いた。

「江戸の性を支配してきたと思いあがった吉原め。苦界だけで満足していればよいものを、上様の城下に踏みこもうなど傲慢にもほどがある」

林出羽守が怒った。

「無粋な町方の介入は阻害してやった。ご免色里に幕府は手出しせぬが慣例。これ以上の助けはしてやれぬ。うまくさばいてくれよ、山城屋。そなたがどう吉原を翻弄するのか……」

楽しそうに林出羽守が笑った。

「吉原の持つ特権が目障りではあった。力を削《そ》ぐ好機やもな」

林出羽守が笑いを消した。

町奉行所に戻った坂部能登守は、夜半を過ぎていたのを承知で、年番方与力を呼び出した。

「なんでございましょう」

さすがに寝ていたところを叩き起こされては、機嫌のいい顔もできない。年番方与力が、不満をあらわに用件を問うた。

「妾屋に手出しをさせるな。もう一度吉原に釘を刺しておけ」

「……えっ」

寝ぼけた頭では理解できなかったのか、年番方与力が聞き返した。

「吉原に大門外へ手出しするなと伝えろ。そう言った」

「ちょ、ちょっとお待ちを。吉原が岡場所へ手入れを願うのは、神君家康公よりのお許しでございまする」

「ならば、岡場所だけで我慢させろ」

坂部能登守が命じた。

「お待ちくださいませ。どういうことかわかりかねまする。ご説明を」

「黙って言うとおりにせよ」

説明を求める年番方与力を坂部能登守が抑えつけた。

「お奉行といえども、それはとおりませぬ」

年番方与力が反発した。

「従えぬと」

「言われなきことで、慣習を変えるわけには参りませぬ」

坂部能登守の確認に年番方与力が宣した。

吉原の依頼を断るだけでなく、制限を加える。それは、町奉行所と吉原の間を裂いた。吉原も言うことを聞いてくれない町方に、金を払うわけなどない。かなりの金額をくれている吉原との決別を、年番方与力が認められるはずはなかった。

「そうか。わかった。そなた明日より、大番組へ移れ」

坂部能登守が告げた。

「なにをっ」

年番方与力が目をむいた。

大番組は、戦場で先手となる武方のことだ。一番手柄を立てる機会のある戦場の華だが、泰平の世では飾りでしかない。任も諸門の番か、幕府が管理している甲府城や、駿河城の管理である。利権などどこにもない。大番組といえば、貧しい御家人の代表であった。

「町方は代々役目を世襲するが、異動しないわけではない」

坂部能登守が続けた。

「明日、儂から奥右筆《おくゆうひつ》に申しておくゆえ、組屋敷を片づけておけ」

「な、な……」

年番方与力が言葉にならない声を出した。

「下がっていい」

犬を追うように、坂部能登守が手を振った。

「ま、町奉行は奉行所の主ではございませぬぞ。町奉行は役目として異動していく。我らのように代々町方を務めてきた者とは違う」

「………」

うるさそうに坂部能登守が顔をしかめた。

「与力、同心だけではございませぬ。たった今、お奉行は奉行所を敵にいたしました。明日より、誰一人、お奉行のために働きませぬ」

「それがどうした」

勝ち誇った年番方与力に、坂部能登守が淡々と告げた。

「おわかりではないのか。明日より、廻り方同心は誰も市中巡回に出ず、与力は書付の処理を止めまする。町奉行所は死ぬのでございまする。となれば、どうなりましょう。江戸の治安は一気に悪化。その責は、お奉行にかかりまする」

　年番方与力が述べた。

「情けない。よくこれで町方の最古参と言えたものだ」

　坂部能登守が嘆息した。

「無礼でござろう」

「儂が今夜どこへ行ったかも知らぬと見える」

「えっ……」

　言われた年番方与力が間の抜けた顔をした。

「世襲で与力を継げる。それがよくないのだろうな。ものごとを己たちだけの尺度で考える。いや、それ以外を認めない。我ら旗本が少しでも上を目指し、日々努力するのとは大違いだ」

「なにを言われるか。我らを不浄職として、町方にくくりつけているのは御上でござろう」

　不満を年番方与力が口にした。

「努力をしたのか」

「無駄とわかっていてするほど、暇ではござらぬ」

「そうか。では、あきらめろ」

冷たく坂部能登守が切って捨てた。

「あきらめたゆえに、我らの結束は固うございまする」

「けっこうなことだ。皆、配置を換えられてから、いや、家を潰されてからも助け合うがいい。町方はたしかに特殊な任で、そこらの者にできることではないが、予備がいないわけではない。北町の与力、同心の家にくすぶっている次男、三男を引きあげてやればすむ」

「……まさか」

そこまで言い切る坂部能登守に、年番方与力がおののいた。

「わかったか。それだけのことができるところからの話である」

「…………」

年番方与力が固まった。

「町方を総入れ替えしても……」

しばらくして、ようやく年番方与力が声を出した。

町方は特殊な任である。罪人を捕らえるだけなら、火付け盗賊改め方のように、大番組の加役でもできるが、江戸の町の政となれば、別であった。町人には町人のしきたりや、やりかたがある。それに反してことを押しつけても、面従腹背で実効がなくなる。うまく町人との折り合いができ、その生活事情に精通していなければならない。町方は幕府開闢以来町人とつきあい、実績を重ねてきた。そのおかげで江戸の治安は、南北合わせて三百人に届かない少数の町方役人でも維持できた。だが、半数が一気に入れ替われば、混乱する。そして、犯罪者は混乱に乗じるのが仕事である。江戸の治安の悪化は確定であった。

「気にされまいな」

「なぜ……」

「知らぬ。儂も詳細を教えていただけぬ」

坂部能登守が首を振った。

「お奉行も知らされぬ……」

小刻みに与力が震え出した。町奉行は幕政にも携わる重職である。その町奉行を事情の説明なしに従わせる。それがどれだけの権であるか、年番方与力にもわかった。

「従うか、放逐されるか。このまま栄転の夢は見られないが、決まっただけの禄と余得を享受しながら、家を子孫へ受け継いでいくか、それとも浪々の身となり町屋であたらしい夢を模索するか。決めよ。今、ここで」

決断を坂部能登守が促した。

「……一同に申し伝えまする」

力なく年番方与力が肩を落とした。

南町奉行所は呉服橋門を入ったところにある。

町奉行所では毎朝、年番方与力による説話がおこなわれていた。その場で年番方与力が吉原への不干渉を告げた。

「冗談じゃねえ」

見回りに出るため、町奉行所をあとにした定町廻り同心中山が吐き捨てた。

「放逐されてたまるか」

中山は組屋敷のある八丁堀に戻ると、まず湯屋の暖簾をくぐった。

「旦那、おはようございまする」

番台の親爺《おやじ》の挨拶を手で受けて、中山は女湯へ入った。

八丁堀にある湯屋はどことも女湯に刀掛けがあった。これは八丁堀の七不思議の一つに数えられたもので、朝の混雑する男湯を避けてゆっくり風呂を楽しめるようにと、激務である町方与力、同心への気遣いであった。

幕府がわざわざ多摩川から水を引くほど、江戸は水の悪い土地である。湯屋もほとんどが蒸し風呂であった。与力、同心は、女湯へ入る特権を甘受する代わり、下帯をしたままというのが決まりであった。

「おはようございまする」

なかにいた女が挨拶をした。当然ながら、女は素裸である。

「うむ」

軽くうなずいて中山は、床にあぐらを掻いた。

蒸し風呂は湯気で満たされているため、すぐ側に全裸の女がいてもすべて見えるというわけではない。とはいえ、注視しないのが礼儀であり、なにより物欲しそうな目つきで女の裸を見るようなまねは、粋を旨とする町方としてできるわけがなかった。

「旦那、背中をお掻きしましょうか」

湯気が揺れて一人の女が近づいてきた。

「おう、お蓮か。いつもすまねえな」

中山が背を向けた。

蒸し風呂は、蒸気の熱さで汗を掻き、やわらかくなった皮膚から垢《あか》を浮かせるのが目的である。その浮いた垢を、竹べらでこそげ取り、最後に湯を浴びてあがる。その垢すりを、毎朝、中山はお蓮にしてもらっていた。

「いえ、いつも旦那にはお世話になっているんですから。これくらいはさせておくんなさいな」

お蓮は、柳橋の芸者である。芸だけでなく身体も売るだけに、客ともめることも多い。そのとき、つきあいのある町方同心がいれば、いろいろ便利なのだ。お蓮のように、全裸を見せて背中を掻き、たまに床をともにするだけで、守ってもらえる。わざわざ遠い八丁堀の湯屋まで足を延ばしてくる芸者や水茶屋あたりの女も少なくはなかった。

「旦那、お疲れでござんすかい」

いつもと違う雰囲気の中山に気づいたのか、お蓮が問うた。

「ちと、おもしろくねえことがあっただけよ」

中山が鼻を鳴らした。

「たいへんでござんすねえ。旦那も」

わざとお蓮が中山の背中に胸乳を押しつけた。

「……今夜空いているか」

中山が小声になった。

「お座敷が二件入っておりますので、少し遅くなりますが、よろしゅうござんすかえ」

ぐっと背中にのしかかるようにして、お蓮が中山の耳元でささやいた。

「いいともよ。いつものように、おめえの家で待ってるぜ」

「では、かけ湯いたしましょう」

「助かったぜ」

「では、これで」

すっとお蓮が離れていった。

「たまらねえな。この役得を奪われてたまるものか。吉原からの金もそうだ。代々受け継いだ我らのもの。なあに、ばれないようにすればいいだけのことよ。吉原を焚《た》きつけたのは吾だしな。このまま放置しておくわけにもいかぬ」

一人ごちた中山が、湯からあがった。

四

妾屋だけでは、とても飯が喰えない。養う家族がないとはいえ、男一人でも一カ月生きていくには、一両ほどの金が要る。まして、番頭を一人抱えているのだ。奉公人の給料は安いとはいえ、やはり月に直せば一両は出してやらなければならない。一応、尾張家や水戸家などから士分扱いを受け、扶持米をもらっているので、食べていく米には困らないとはいえ、他に店を構えるのにかかる経費を合わせれば、月に五両は稼がなければやっていけなかった。

「じゃ、これを相手さんにお渡しすればいいから。住みこみの上の女中だからね。

言わなくてもわかっているだろうけど、上の女中に求められるのは、なにより口の堅さだ。主家のことを外でしゃべるんじゃないよ」

昼兵衛が、若い女中に注意を与えた。

上の女中は、主人とその家族の世話をする。着替え、お使い、食事の給仕など、すぐ近くで仕えるだけに、いろいろなことを知った。主人夫婦の仲が悪いだとか、若旦那が女中に手を出して孕ましただとか、世間に知られては暖簾に傷がつくことも見聞きする。だけに、口の堅い女でなければ勤まらなかった。

「山城屋の暖簾をあなたは背負っていくんだ。それも忘れないようにね。もし、なにかしでかしてくれたら、わたしが黙っていないからね」

妾屋は信用がなければ勤まらなかった。妾屋に仲介料を払った女に、美人局《つつもたせ》などされては、客としてはたまらない。また、己の性癖も妾には晒《さら》すのだ。年季が明けた後で、噂をばらまかれでもしたらたまらない。そういうことに対して、いっさい心配がないとわかっているから、大名家や名のある豪商も出入りを許している。

「誰かいいのはいないかね」

こうした信用があってこそ、昼兵衛はお得意先から、妾以外にも上の女中の紹介を求められた。

「はい」

女中が一礼して出て行った。

「あのう」

それが終わるのを待っていた女が、昼兵衛へ声をかけた。

「お待たせしましたね。初めてのお顔かな」

見覚えのない女に昼兵衛が尋ねた。

女で商売をするのが、妾屋である。一度でも扱った女が、太ろうとも痩《や》せようとも、老けても一目で見分けられる。

「はい。先日、田舎から出てきたばかりで」

女が述べた。

「お名前と出身地を訊かせてもらってよろしいかな」

人好きのする柔らかい笑いを、昼兵衛は浮かべた。

「ようと申しまする。生まれは上州前橋で、親は百姓をいたしておりまする」

「上州……昨年の不作」

ようの話に昼兵衛が記憶を呼び覚ました。

昨年、上州と下野の二国で冷害が起こった。飢饉と言われるほどではなかったが、それでも例年の七割ていどしか米はとれなかった。

この中途半端な被害が悪かった。もう少しましであれば、備蓄でしのげた。半値を割りこめば、藩主からお救い米の放出があった。七割は、そのどちらでもないだけでなく、このていどの不作ならばと、藩庁は年貢の減免を認めないのだ。

取れ高が減ったのに、年貢は同じ。百姓の取りぶんは、五公五民で半分手元に残るはずが、三割の損失をまるまるかぶったため、二割になってしまった。

もともとの五割でもかつかつなのだ。徳川家康が百姓は、生かさぬように殺さぬようにと施政の要点を述べていることからもわかるとおり、大名たちは百姓に余裕を与えなかった。二割の取りぶんでは、食べていくどころか、翌年の種籾《たねもみ》さえ出ない。となれば、おこなわれるのは口減らしである。

「……はい」

情けなさそうに、ようがうつむいた。

「それはたいへんでしたね」

言いながら昼兵衛の目が光った。

「奉公先を……」

ようが顔をあげた。

「一つだけ。ようさんは、上の女中になりたいわけではない」

「……お金が……」

ふたたびようが顔を伏せた。上の女中は奉公人の食事の世話や、洗濯などを担当する下の女中より給金がいい。とはいえ、さしてもらえるわけではなかった。

「お妾奉公でよろしいので」

「……………」

確認した昼兵衛へ、ようが黙って首肯した。

住むところもないというように二階を案内した昼兵衛は難しい顔に変わった。

「どうかしたのか」

新左衛門が問うた。

「……確証が持てないので、お話するわけには参りませんが……大月さま、お住まいになる家を探すのを、少し先延ばしにさせていただきたいのでございますが」

「拙者はかまわぬ。ここでお世話になっておるのだ。山城屋どのさえ、問題がなければいたって助かるほどだ」

　昼兵衛の頼みに、新左衛門が答えた。

「すいませんねえ。さっさと八重さまと二人きりになられたいでしょうに」

「……なにを」

　からかわれた新左衛門が、顔を赤くした。

「ちと、世のなかの小汚さに嫌気が……いや、その小汚い世間に染まっている己自身に嫌気がさしましたので、大月さまの白さがうらやましくなって」

　からかったことを昼兵衛が詫びた。

「拙者が白い……いや、とうに汚れている。たとえ、どういう理由があっても、拙者は人を斬った。人を守るためだけでなくな」

「ご自身が死にたくないからと、相手を殺すのは汚くございませんよ」

　苦い表情をする新左衛門へ、昼兵衛が首を振った。

「殺さずともすむときもあったということだ」

　新左衛門が述べた。

「そのあたりは、わたくしにはわかりませんが、あまり難しく考えられないほうがよろしいかと」

「そう思うようにはしている」

昼兵衛の慰めに新左衛門がうなずいた。

「あの女に気を付けていればよいのだな」

新左衛門がすっと目をすがめた。

「さすがで。近々、なにかあるかも知れません」

見抜かれたことに昼兵衛は感心した。

「任せてくれ」

新左衛門が強く言った。

数日は、何もなく過ぎた。

「ちと出てきます」

「供しよう」

昼兵衛の外出について、新左衛門は山城屋を後にした。

「大月さま、その辻《つじ》を曲がったら、裏道を通って店へ戻っていただけますか」

「大事ないか」

新左衛門は昼兵衛の身を心配した。

「大丈夫で。今日は海老《えび》さんに用があるだけなので」

海老とは読売屋の海老蔵のことだ。名前が立派すぎると、皆から縮めて呼ばれていたが、浅草のあたりでかなり顔は売れていた。

「すぐそこでござんすしね」

海老の住んでいる長屋は、山城屋からそれほど離れてはいなかった。

「……せめて長屋の入り口までは行かせてもらいたい」

新左衛門は昼兵衛の安全を危惧していた。

「わかりましてございまする。まあ、店には番頭もおりますし。女たちを守るくらいはできましょう」

昼兵衛が納得した。

「ああ、大月さま。今日は相手を見つけても、なにかしでかさない限り放置しておいてください」

「なぜだ」

指示に新左衛門が首をかしげた。

「あちらも、様子見でしょうからね。いきなり敵の本拠へ殴りこみをかけられるほどの人数を集められるなら別ですが」

問われた昼兵衛が語った。

「わかった」

新左衛門が納得した。

浅草の周りは、寺と庶民の長屋が多い。その一つの前で、新左衛門と別れた昼兵衛は、海老の住まいを訪れた。

冬でも開け放しの戸障子ごしに、寝転がっている海老が見えた。

「暇そうだな。いい若い者がなにをしているんだい。仕事がなければ、遊びに行ってきなさい」

昼兵衛があきれた。

「先立つものがござんせんので」

海老が起きあがった。

「じゃ、頼めるな」

紙入れから昼兵衛が小判を一枚出した。

「……面倒ごとでござんすね」

金額の高さに、海老が少し警戒した。

「なに、この間に比べれば、たいしたことじゃないよ」

「たしかに、大奥と比べればましでございましょうが、今回は誰を敵に回したんで」

「吉原だよ」

昼兵衛の言葉に、海老が同意した。

「げっ」

あっさりと告げた昼兵衛に、海老が絶句した。

「下手すれば、大奥よりもややこしい相手でござんすよ」

「売られた喧嘩だ。買わないわけにはいくまいが」

昼兵衛が事情を説明した。

「妾屋を岡場所扱い……さすがに、それは無理でござんしょう」

海老もあきれた。

「妾は奉公人だ。身売りじゃない。辞めたければいつでも辞められるのが妾だ。金をもらっているとはいえ、男と女という立場から言えば、同格なのが妾。抱かれたくないときは旦那を断ってもかまわないし、複数の男を相手にしなくてもいい。それを、吉原は落とそうとしている」

新左衛門の前では見せなかった怒りを、昼兵衛はあらわにした。

「わかりやした。ですが、一人では厳しいんで、人を遣っても……」

「かまわないよ。だったら、もう一枚足しておこう」

海老の求めに、昼兵衛が小判を加えた。

「これはどうも」

海老が小判を懐に入れた。

「大月の旦那は……」

いつも警固についている新左衛門がいないことに、海老が気づいた。

「吉原にいる忘八は、人を殺すことなんぞ、屁とも思ってやせん。一人歩きは、よろしくござんせんよ」

「そこまで送ってきてもらったけどね、店が心配だから先に戻ってもらったのさ」

昼兵衛が説明した。

「なるほど。店こそ、危ないか」

海老が理解した。

「山形さまは」

ふたたび海老が問うた。

新左衛門と山形将左は、山城屋の二枚看板である。剣が遣えるだけでなく、機転も利く。これだけの用心棒を二人も抱えている者は、江戸でもまずいなかった。

「今回は、山形さまにはね」

昼兵衛の表情がゆがんだ。

「なるほど。山形さまのお相手は吉原の格子でござんしたねえ」

すぐに海老が気づいた。

「できるだけこちらから、山形さまへのつなぎは取らないようにしているんでな。今回は、大月さまだけで、守らなきゃいけない」

「守り……いつものことじゃござんせんか」

難しい顔をする昼兵衛へ、海老が笑った。

「大名、旗本、大奥、どれもこちらから手出しのできる相手じゃございません。攻撃に転じられず、守りに徹する。こうやって、今まで生き残ってきた。そうでござんしょう」

「おまえさんの言うとおりだがねえ。先手が打てず、後手に回り続ける。これはきついよ」

昼兵衛が愚痴を言った。

「まあ、文句を言ったところで、どうなるものでもないしねえ。では、頼んだよ」

「あっ。ちょっとお待ちを。お店までお送りしやす」

海老が身支度を整えた。

「お待たせいたしやした」

「すまないね」

礼を言って、昼兵衛が長屋を出た。

裏筋を使って山城屋に戻った新左衛門は、一筋離れた辻の陰から周囲を見た。

「……あれか」

ほどなく、新左衛門は一人の男に気づいた。

「見世の看板を背負ってないが、あやつだな」

男は、山城屋の二階を見上げながら、店の前を行き来していた。

「身のこなしは、さしたるものではないな」

腰の動きを見れば、どのていど武の修業を積んだかはわかる。新左衛門は、男が脅威にはならないと踏んだ。

「他にはおらぬか」

もう一度新左衛門は周りに注意をした。

「あれもそうか」

浅草寺門前通り側、新左衛門とは反対になるところで、一人の男が煙管《キセル》を吹かしていた。

「吸い殻が……八つ。かなり長くいるようだ」

新左衛門は煙管の男の足下を見た。

「こいつは、少し遣えるようだな。腰の傾きがない、浪人者ではなさそうだが」

武士は子供のころから、両刀を左腰に差す。子供用は軽いとはいえ、まだ身体のできあがっていないときから、刀という名の重りを腰に付けるのだ。重さに負けて、腰が左に沈む。だが、それではまともに歩くことさえできない。そこで、人は身体を傾けて平衡を取ろうとする。そう、武家には左肩をあげる癖がつくのだ。

「どちらにせよ、刀を振り回しはしないか」

仕官を求めているという建前上、浪人者が両刀を差すのは黙認されている。だが、町人が刀を持つことは禁じられていた。ただ旅に出るときだけ、護身用として長脇差が許される。無頼が長脇差を持っているのは、この抜け道を利用していた。しかし、旅することのない吉原の忘八は、看板を身につけていようが、つけていなかろうが、長脇差の所持はできない。

「殺気もない。今日は様子見か、下見だな」

新左衛門は、二人の顔をしっかりと覚えた。

第四章　闇の奪合

一

　吉原惣名主を代々受け継いできた西田屋だったが、商才には恵まれなかった。代を重ねるにつれて衰退し、かなり前から太夫を抱えるだけの財力を失っていた。

　三浦屋四郎左衛門、卍屋弥兵衛など、太夫を抱えた大見世に負け、吉原惣名主の名前も実質形骸となっていた。

「飾りでないことを……吉原の真の主が誰かを思い知らせてくれる」

　見世の奥、自室で西田屋甚右衛門が一人笑った。

　吉原の実権はとっくに三浦屋に移っていた。さすがに幕府との交渉だけは、西田屋がおこなっていた。もっともこれは家康から直接声をかけられたのが、西田屋の先祖だったからであり、幕府との決めごとを吉原に告げるだけの伝令でしかなかった。

吉原大門を入った右手にある会所が、なによりもその事実を表していた。会所は、吉原に出入りする者、逃げ出そうとする遊女を見張るだけでなく、郭内の治安も担当している。江戸の町中で言う木戸番と自身番を合わせたようなものであり、通称、四郎左衛門番所と呼ばれていたことからもわかるように会所は三浦屋が差配していた。

「郭を作ったのは、我が祖先だ。作った者が所有し、支配して当然だ。妾屋を潰せば、その勢いをかって、岡場所にも手を入れる。そうだな。今までのように、岡場所を壊して、遊女どもを吉原に取りこむより、そのまま吉原の支所として使うほうがいいな。そして吉原の支所は、この儂が支配する。江戸に岡場所が何カ所あるか。そのすべてを西田屋のものとできれば、三浦屋など恐れるまでもなくなる」

一人で西田屋が興奮していた。

「きみがてて」

襖の外から声がかかった。きみがててとは、吉原惣名主の別称であった。大門外では、惣名主と称するのに対し、うちではきみがててと呼んだ。

「与蔵かい。開けていいよ」

西田屋が許した。

「ご免を」

音もなく襖が開けられた。

「佐助《さすけ》と市朗《いちろう》が戻って参りやした」

「どうであった」

「無事にようは入りこんだようでございました」

「そんなことはわかっている。妾屋のなかはわかったのかい」

詳細を西田屋が求めた。

「ようを除いて三人、二階に住まいしているとのことでございました」

「三人……妾か。なるほどな。商品を置いていない店に客は来ないか」

西田屋が納得した。

「客はどうだ」

「一人だけ来たそうでございますが、ようは顔見せさえできなかったとか」

「なんでだ。ようは美形と言うほどではないが、なかなか男好きのする身体つきをしていた。妾屋としては、いい売り物のはずだ。そうか、もっと上客に高値で売りつけるつもりだな」

一人で疑問を呈し解決した西田屋に、与蔵が首を振った。

「いいえ。ようとつなぎを取った市朗によりますと、妾屋の決まりだそうで店に来てから三カ月は、客への紹介はしてくれないとか」

「……三カ月だと。その間、無駄飯を喰わせるというのかい」

西田屋が驚いた。

吉原でも、岡場所でも、遊郭はどことも妓を一日たりとても休ませなかった。遊女には最初の身売り代金の他、着物、夜具、日用の品と金がかかっている。それを取り返したうえで儲けを出さなければならない。さらに決まった相手ではなく、それこそ朝晩で違った男と床をともにする遊女は病をもらいやすい。梅毒や淋病などの性病だけでなく、労咳《ろうがい》や流行病《はやりやまい》をもらうことも多い。いつ死ぬかわからない遊女に、大枚の金をかけているのだ。遊ばせるなどとんでもなかった。遊郭では、客のつかなかった妓に食事は与えない。どころか、その日の揚げ代を自前で払わせる。

それが常識であった。

「なんでも、腹に子がいないか、変な病を持っていないかを確認するためだそうで」

与蔵が述べた。

「客のことを考えているのか。馬鹿だねえ。客なんぞ金さえ払ってくれれば、どうなろうとも知ったことではないだろうに。そんなことをしていては、儲かりはしない。やはり妾屋なんぞ不要だねえ」

西田屋が馬鹿にした笑いを浮かべた。

「…………」

黙って与蔵が頭を垂れた。

「用心棒もいるそうだが」

南町同心中山から聞いた情報を西田屋は口にした。

「ようによれば、用心棒は一人住みこみでいるようでございますが、もう一人を見たことはなく、見張っていた二人からの話では、やはり一人で、かならず山城屋についていて歩くので、あまり店にはいないようで」

「ふむ……なかなかの遣い手だそうだが、一人だけなら、それほど邪魔にはならぬか」

西田屋が少し思案した。

「どうするか……店を離れた山城屋を襲うか、それとも山城屋の留守を狙って、店を潰すか」

「きみがてて」

与蔵が見あげた。

「なんだい」

「山城屋が持っております顧客帳をいかがいたしましょう」

「いいところに気がついたね。さすがは日本橋越後屋の手代をしていただけのことはある」

「……ご勘弁を」

出自を口にされた与蔵が苦い顔をした。

「顧客帳は是非とも手にしたいね。それがあれば、上客を取りこめるどころか、女たちを集めることも容易だ」

大きく西田屋がうなずいた。妾屋だけでなく、どの商売でも顧客帳には誰がなにをいつどれだけの金を出して買ったかなど、商売の肝となる情報が記されていた。越中富山の薬売りに代表されるように、どこへなにを売ればいいかを教えてくれる顧客帳は、かなりの金額で売り買いされる財産であった。

「しかし、顧客帳は、妾屋にとって命よりも大事なものだろう。そうそう見つかるところにあるとは思えぬ。店へ押し入っても、浅草では他人目につきやすい。長々と家探しをするわけにもいかないねえ」

西田屋が腕を組んだ。

「……ようにやらせるしかないか」

「へい。では、明日にでも呼び出しをかけやしょう」

与蔵が承諾した。

「任せたよ。うまくやってくれれば、おまえに岡場所の一つ、預けるからね」

「ありがとうございやす」

褒賞に、与蔵が感謝した。

大奥は将軍の私《わたくし》である。将軍の妻、妾、子供が住まいする。とはいえ、将軍は幕府の中心なのだ。そして、その将軍の次、世継ぎを預かるのも大奥であった。

大奥が表と呼ばれる政の世界と無関係ではあり得なかった。

「上様、お顔の色が……」

小姓組頭林出羽守が、十一代将軍家斉を気遣った。

「……たしかに、少し疲れておる」

家斉が認めた。

「いかがなさいましたか」

「側室どもを黙らせなければなるまいが」

「和子さまを授けろと」

林出羽守が悟った。

「一人の女に通い詰めると、竹千代の二の舞になるであろう」

家斉が唇を大きくゆがめた。

竹千代とは、家斉の長男のことだ。最初の側室内証の方との間に生まれた男子で、徳川の世継ぎとして期待されていたが、わずか二歳で夭折した。次の将軍家が決まっていては、男子を産む価値が下がると考えた他の側室によって毒殺されたのであった。

「均等に側室方のもとへお通いでございまするか」

「それしかあるまい」

家斉が嘆息した。一人だけ突出させることの怖さを家斉は、内証の方の産んだ子の命をつうじて知らされた。

「女は一人でいいな」

「…………」

「わかっている。躬《み》には、子をなす義務がある。一人の女では、孕んでいる間、乳を与えている間、子をなすことはかなわぬ。徳川繁栄のため、男子は多ければ多いほどいいのだ。一人の女にこだわっていては、血筋が絶えかねぬ。多くの女を抱き、一人でも子供を増やすことこそ、将軍の役目。いや、それだけが躬に求められた仕事だとな」

皮肉げな笑いを、家斉が浮かべた。

「そのようなことはございませぬ。上様なくして、政は何一つ回りませぬ」

「世辞は要らぬわ」

林出羽守の慰めに、家斉が首を振った。

「毎日老中たちの申すことを追認するだけ。これに文句を言う気はない。文句を言えば、なら、代わりにもっとうまくやってみせろと、政を預けられるだけ。城から一歩も出たことのない躬に、政などできるわけなかろう。もっとも、老中たちも同じだがな。金を握ってものを買ったことなどあるまいからの」

家斉が苦笑した。

「そんな実情を知らない者たちが、天下を運営している。よくぞ、まあ、幕府が百年以上もったものよ」

「ご威光でございまする」

「止めい」

家斉が遮った。

「威光なんぞであってたまるか。人の思いと努力のたまものだ。そうでなくば、幕府なんぞ要るまいが。威光でどうにかなるなら、朝廷で十分なはずだ」

「申しわけございませぬ」

林出羽守が詫びた。

「出羽守よ。そなたは、本質として怜悧だが、躬のこととなれば、一気に愚物に堕ちるぞ」

「いいえ、真実でございまする。上様は、英邁《えいまい》なお方。子供のときよりお側に仕えさせていただいているわたくしが、誰よりもよく存じております る」

胸を張って、林出羽守が言った。

「強情なやつめ」

家斉があきれた。

「そなたが申すからではないが……躬にも自負はある。老中どもが持ってくる献策、そのどれよりもよい案を躬は思いついている」

なんとも言えない口調で家斉が語り始めた。

「だがの、躬はそれを口にできぬ」

「なぜでございましょう。よりよい案を上様がお出しになる。それのどこに問題があると仰せられましょうか」

林出羽守が訊いた。

「経験がないからだ。躬にはな」

家斉が告げた。

「経験……」

「そうだ。躬は、政をした経験がない。経験のない者が思いつきで政を始めてみよ。うまくいけばいいが、もし失敗したらどうなる。大きな被害が民たちに及ぼう」

ゆっくりと家斉は説明した。

「老中たちは違う。あやつらは、老中になるまで、詰衆、奏者番、寺社奉行、若年寄、大坂城代、京都所司代などを歴任している。つまり、政を経験しているのだ。その経験が、あやつらの献策を裏打ちしている。だが、躬にはその経験がない。躬は、何一つ、己の手でしてはいないのだ」

家斉が悔しげに顔をゆがめた。

「実績がない者の思いつきを、そなたなら採用するか」

「……いいえ」

正直に林出羽守が首を横に振った。

「だろう。普通ならば、誰かが拒否すればすむ。だが、躬が口にしたならばどうだ」

「そのままなされまする」

「そうだ。つまり、躬の一言は決定なのだ。そして、その決定で死ぬ者が出るやも知れぬのだ。死ななくてもすんだ者がな」

「上様」

悲壮な顔をした家斉を、林出羽守が気遣った。

「施政者は思いつきだけで、動いてはならぬ。大丈夫なのか熟慮したうえで、さらに失敗したときの対応策も練ってからでなければ、政をおこなってはならぬのだ」

家斉が宣した。

「ゆえに躬はなにもせぬ。ただ、子をなすために、大奥へかようだけ。その大奥さえ、躬の思うようにはできぬ。どれほど将軍とは、力のないものなのか」

大きく家斉が、息をついた。

「のう、出羽守」

「なんでございましょう」

「大奥を潰せぬか」

「……それは」

家斉の求めに、林出羽守が絶句した。

「躬ではなく、胤だけを欲しがる女など、百害しかないわ。なにを考えているかなど、すぐにわかる。子を産み、その子を次の将軍とする。そればかり思っている女に、子供を産ませなければ、どうなるか考えろ。産まさなければならない状況を作るために、敏次郎を害しかねぬ。新たな後継者を作らねばならぬようにと仕向けてくる」

敏次郎とは家斉の次男である。長男竹千代の死後すぐに、家斉によって世継ぎに指名されていた。

「そのようなまね、決してさせませぬ」

林出羽守が断言した。

「そなたの器量は買っている。だが、そなたは大奥へ入ることはかなわぬ。己の目で見てさえいない場所をどうやって守るというのだ」

家斉が問うた。

「……それは」

「あの八重とか申した女をもう一度召すか」

「できませぬ。八重はもう町屋におろしました」

林出羽守が否定した。

「たとえ大奥へ呼び戻せたとしても、八重一人では手が回るまい。せいぜい、内証の方の局だけだろう。大奥全体を押さえさせるには、あの八重と同じくらいできる女が、二十人は要る」

「……ご賢察でございまする」

林出羽守が認めた。

「あれだけの女、江戸中探しても五人とはおるまい」

「津々浦々まで手を尽くして十人でございましょう」

家斉の言葉に、林出羽守が付け加えた。

「ふん。大奥を変えることはできぬな」

「すみませぬ」

林出羽守が、身を小さくした。

「いっそ、大奥へ行くのを止めようかとも思うがな、そうもいかぬ。正室と子が大奥にいるからの」

「人質……」

「……ああ」

はっきりと家斉がうなずいた。

「吾が子を守るため、躬にできることは、まんべんなく女どもを抱くことよ」

寂しそうに家斉が笑った。

「少し眠る。今夜も大奥じゃ」

家斉が目を閉じた。

二

午睡から醒めた家斉を大奥へ送って、林出羽守は下城した。

「少し寄り道をする」

林出羽守は、迎えの駕籠《かご》に場所を指示した。

千五百石の当主である。自前の駕籠を持っている。林出羽守を乗せた駕籠は、浅草門前町から一本入った山城屋に小半刻（約三十分）ほどで着いた。

「これは、出羽守さま」

帳面付けをしていた昼兵衛が、あわてて出迎えた。

「急に来たのだ。気にせんでくれ」

林出羽守が手を振った。

「どうぞ。おい、お茶を頼むよ」

敷物を勧めながら、昼兵衛は番頭に接待の用意を命じた。

「かまわんでよい……すまぬな」

遠慮しながらも、林出羽守は敷物の上に腰を下ろした。

「お呼びくだされば、お屋敷まで参りましたものを」

「急に思いついたものでな」

言った昼兵衛へ、林出羽守が応じた。

「粗茶でございまする」

そこへ八重が茶を持ってきた。

「なぜ、そなたがまだおるのだ」

林出羽守が少しだけ驚いた。

「じつは、先日ご相談いたしました後……」

昼兵衛が、浜松屋の手の者に襲われた話をした。

「情けない男だな、浜松屋は。男ならば、振られたならあきらめよ。たしかに女の少ない江戸であるが、金さえ出せば、思うがままにできる女くらい手に入れられよう」

「己のものにならないとわかれば、一層手に入れたくなるのが、男というものでございまして。とくに、親から莫大な身代を譲り受けただけの苦労を知らないお方は、顕著なようで。なんでも金で思いどおりになると思いこまれておられます」

「馬鹿息子というやつか。耳が痛いな。我ら武家も同じだからな。先祖が血であがなった知行をなにもせずに受け継ぎ、それを吾がものと思いこみ、威張り散らしている」

「……………」

同意しにくいと昼兵衛は沈黙した。

「だが、浜松屋ていどならば、そなた黙らせることができよう。そのために、吾が名前を使ったのだろう」

林出羽守が首をかしげた。

「おかげさまで。ただ、少々浜松屋さんは、鈍いのか、わたくしの意図をおくみいただけなかったようでございまして。ご自身が手出しをしなければ、問題ないとお考えに」

「それが吉原か」

「やはりご存じでございましたか」

昼兵衛は、林出羽守の不意の来訪の意図をはかっていた。

「町奉行から話が回ってきてな。一応、町奉行に釘を刺させたのだが……」

林出羽守が苦い顔をした。

「町奉行所など、吉原は気にしておりませぬ。大門内は、町奉行の管轄外。どのようなまねをしても、いっさい手出しされません。それに町奉行所の与力、同心の方々へは、たっぷりの媚薬が」

「思いあがっておるの。吉原は」

「神君さま以来の慣例でございますれば、そうそう変わりませぬ」

「すまぬな」

首を振った昼兵衛へ林出羽守が詫びた。

「とんでもございませぬ。出羽守さまには、十二分にしていただいております る」

あわてて昼兵衛が否定した。

「いや、同じ役人として、恥じる」

林出羽守がため息をついた。

「しかし、よく浜松屋の誘いに乗ったな、吉原も。妾によほど儲けを見たようだ」

話を聞いた林出羽守が口の端をゆがめた。

「儲かる商売ではございませんがねえ。たしかに、普通の人入れ屋に比べまする と、一人あたりの手間賃ははるかに多うございますが、そのぶん、女の見極めと客の身上には、手間と暇をかけておりまする。割の合う商売ではございません」

昼兵衛が苦笑した。

「やりようによると踏んだか、それとも妾屋が邪魔になったか」

「邪魔になるとお考えでしょう」

林出羽守の問いに、昼兵衛は言った。

「で、どうなのだ。黙っているつもりはないのだろう」

「それをお聞きに」

「かかわったことは、最後まで見届けるべきである。余はそなたと縁があったと思っておるぞ。拝領品の一件からな」

昼兵衛の確認に、林出羽守が答えた。

拝領品の一件とは、将軍家から大名へ下賜された物品が、ひそかに売り買いされていたことだ。もちろん、拝領品を買ったのは、裕福な商人である。商人たちに、拝領品を持たせておくわけにはいかないと、幕府が打った手だてが妾であった。伊賀者の女を妾として豪商のもとに送りこみ、拝領品の所持の有無を確認させ、ひそかに奪い取る。こうして拝領品をふさわしくない身分の者の手元から取り返し、さらに売り払った大名たちを脅し、幕府の言うことを聞かせようとした。この一件にかかわった林出羽守は、妾屋として巻きこまれた昼兵衛と知り合った。昼兵衛の器量、新左衛門を始めとする手駒の豊富さを見た林出羽守は、それ以降昼兵衛を利用してきた。

「さようでございますが、なかなかお役人さまにそこまでなさるお方はおられませぬ」

「情けないとしか言えぬの。役人は、すべからく上様の付託を受けている。つまり、役人どもの姿勢は、上様のご評判となる。幕臣であるならば、命を賭してでも、上様のお名前を汚さぬように努めねばならぬというに、昨今の役人どもは、金ばかり欲しがりおる。町方はとくにそのきらいがある。どれだけ手柄を立てても出世しないとなれば、無理はないが、矜持を失う振る舞いをし、町民に迷惑をかけている」

林出羽守が吐き捨てた。

「畏れ入りまする」

昼兵衛が上体を折った。

「のう、山城屋。そなた世襲についてどう思う」

「これはまた、ずいぶんと難しいことをお訊きになられまする」

質問された昼兵衛は、困惑した表情を見せた。

「思うがままでいい」

難しく考えなくていいと林出羽守が付け加えた。

「さようでございますな。利点と欠点の両方がございますな」

「…………」

無言で林出羽守が先を促した。

「まず利点でございますが、子供のときから、親の仕事を見ておりますので、慣れるのが早い。なかでも職人や商人など、その職種独特の符丁を持つ仕事は顕著でございましょう。初めての者は、まずその符丁を覚えることから始めなければなりませぬが、そこに生まれた者ならば、知らず知らずの間に聞き覚えておりましょう」

「なるほど、手間が違うか」

「物心ついたときから修業し始めているようなものでございますから、馴染むのも早い。それだけ年数が増えますので、才能ある者であれば、高見へとたどり着けましょう」

昼兵衛が続けた。

「よいことだな。武芸を含め、あらゆる芸事は死ぬまで上を見続けていくものだ」

林出羽守が同意した。

「あと、これは商人が主になりますが、ものを見抜く目が養われまする。これも才能が要りまするが、若いときほど伸びますので」

「うむ。では、欠点は」

話を進めろと林出羽守が言った。

「欠点は、固まってしまうことでしょう」

「固まるとは」

「その職独特の見方から脱せられない。決められたことは金科玉条のごとく、遵守しなければならないと、子供のときから叩きこまれますので、新しいことに手を出さなくなりまする」

「前例と同じだな」

林出羽守が理解した。

「先人の跡をなぞるだけならば、失敗もない。しても、その失敗は先人に押しつけられる」

「はい。もっともこれは、世襲だけでなく、どこでもあることでございますが……

少し話がそれました。世襲の欠点で最大のものは、受け継いだものにしか価値を見いだせず、それを己の持つ力だと思いこむこと」

「耳が痛いな」

林出羽守が苦笑した。

「たしかに、余もそのきらいはある。たとえるまでもないが、もし、剣を持って戦えば、余は、そこの大月に勝てぬ。おそらく一合ともつまい。だが、世俗の力を使えば、大月を倒せる。これこそ吾が力」

「さようでございまする。すべてを投げ捨てて、人として戦えば、わたくしでも出羽守さまに勝てましょう。ですが、人は素裸で生きていけませぬ。世俗という着物を身につけねば、一日とてもちませぬ」

昼兵衛も同意した。

「…………」

無言で林出羽守が昼兵衛を見た。

「そこまで言わねばなりませぬか」

昼兵衛が嘆息した。

「人は群れなければ生きていけませぬ。田を耕し、外敵から身を守り、病を治し、次世代を育む。一人でやれないわけではありませんが、効率が悪すぎ、代を重ねることはできますまい。余裕がございませんから。次代に世を継ぐ。それが人の生きていく証。そのために人は群れた。そして田を耕す者、群れを守る者へと分化していった」

「ふむ」

「いわば幕府も群れでございまする。幕府があることで、この国は平穏であり、明日があると思える。幕府が定めた秩序を乱す者は、しっかりと罰を受ける。だから、安心して子を産める。もし、幕府がなければ、力ある者はわたくしども弱者を蹂躙《じゅうりん》し、搾取するでしょう。そうなれば、先の夢もなくなり、人は営みへの意欲を失いまする」

「もっと弱者を救えと申すか」

昼兵衛のこめた皮肉に、林出羽守が苦い顔をした。

「救えとまでは申しませぬ。もう少しだけ、わたくしどもに興味をお持ちいただきたいだけで」

「ふん」

言い回しを変えた昼兵衛を林出羽守が笑った。

「わかった。そなたの言いたいことは、世襲の武家が政を独占しているのがよくないと」

「…………」

昼兵衛は黙った。

「いや、違ったな。もっと庶民の事情を知れと言うのだな」

「ご賢察でございまする」

確信した林出羽守へ、昼兵衛が一礼した。

「あいにく小姓組頭では、どうとも返答できぬ」

「承知いたしておりまする」

昼兵衛も林出羽守に解決を求めてはいなかった。

「町奉行から町方へ釘を刺させてある。表だって、町方がおぬしになにかすることはないはずだ」

「お気遣いありがとうございまする」

ていねいに昼兵衛は礼を述べた。

「では、帰る」

さっと林出羽守が、立ちあがった。

「そうだ。山城屋。今回のこれは、貸しである」

言い残して、林出羽守は昼兵衛の抗議も聞かず、駕籠に乗った。

「お発《た》ちぃいい」

すぐに駕籠が動き出した。

「……やられましたなあ」

見送った昼兵衛が大きく息を吐いた。

「どういうことだ」

ずっと部屋の隅でおとなしく座っていた大月新左衛門が訊いた。

「大奥の次は吉原をどうにかしろとのお話に来られたのでございますよ。町方を抑えたのは、わたくしたちが思いきって動けるようにとの意味で、決してこちらを罪に問わせないためではございません。わたくしたちが萎縮せず、吉原と戦えるようにしただけ」

しっかりと昼兵衛は、林出羽守の意図を理解していた。

「吉原をどうにかしろ……」

新左衛門は首をかしげた。

「お気に召さないのでございましょうな。将軍のお膝元に手出しできないところがあるなど許せないのでしょう」

「許せない。なるほど。出羽守さまらしい」

言われた新左衛門が首肯した。

「己の目の届かないところがある。それを出羽守さまは認めない。上様のお力が及ばないところだからな。大奥と吉原は」

「だからこそ、面倒なんですよ。しかも、両方とも女の居城。ありようはまったく違いまするが、どちらも女があって成り立つ場所」

「女に対峙《たいじ》するに妾屋は最適だな。なにせ、女を山城屋どのほどよく知っている者はいない」

新左衛門は昼兵衛が最適任だと認めた。

「道具扱いは、あまり気分のいいものではございませんが。お偉い方とかかわってしまった限り、いたしかたないとあきらめましょう。出羽守さまと決別すれば、明日にでもわたしは牢でしょうし」

昼兵衛が天を仰いだ。

「吉原と正面切ってやることになりますよ」

問うように昼兵衛が言った。

「わかっている」

新左衛門が強い目で昼兵衛を見た。

「惚れた女を二度も救ってもらったのだ。どうやって恩を返せばいいか、悩まなくてすむだけ助かる」

新左衛門が逃げる気はないと宣した。

「大月さま、あなたも立派な妾番でございますな。女のために命をかけられる」

昼兵衛が感嘆した。

「遊郭と妾屋の違い、心意気を見せつけてやりましょう」

「うむ」

二人が顔を見合わせた。

三

ようは階段の上がり口で、店の様子を窺っていた。

「なにをなさっているの」

「……えっ」

不意に声をかけられたようが、驚いて振り返った。

「八重さま」

階段のなかほどで八重が、ようを見下ろしていた。

「店にお客さまらしいお方がお見えになっておられたので、気になりまして」

ようが言いわけをした。

「そうでしたか」

納得した顔で、八重が近づいてきた。

「では、わたしは……」

入れ替わるように、ようが二階へと上がっていった。

「………」

少し険しい顔をした八重は、店に向かった。

妾屋はどこも女を住まわせている二階への階段を客に見せない造りとなっていた。これは、出会い頭といった感じで妾と客が顔を合わせてしまわないようにという商売上の理由と、女を追いかけてきた男が店へ躍りこんできても、すぐに見つからないようにとの配慮からであった。

店と奥のしきりである暖簾を手でかき分けて、八重が顔を出した。

「おや、どうかされましたか」

目ざとく昼兵衛が見つけた。

「お邪魔ではございませぬか」

「ごらんのとおり、大月さまとお話ししているだけでございますよ」

気遣う八重に、昼兵衛が笑った。

「では、少しだけご免をくださいませ」

了承の返事を得た八重が座った。

「山城屋さま」

「なんでございましょう」

「あの、ようさんのことなのでございまするが」

言いにくそうに、八重が口を開いた。

「お気づきになられましたか。さすがは八重さま」

昼兵衛が感心した。

「では、おわかりに」

「これでもわたくしは妾屋でございますよ。雰囲気で妾を望んでいるか、他の目的があるかくらいは、わかりまする」

自信満々で昼兵衛が述べた。

「しかし、八重さまはどこで」

「あの方だけが、地に足が着いていない気がするのでございまする」

「地に足が着いていない……」

新左衛門が首をかしげた。

「他にお二人おられるのはご存じでございましょう。あのお二人は、わたくしから裁縫を習っておられまする。妾なんぞいつまでもできるものではないからと」

八重が言った。

「そのとおりでございますな。妾は所詮《しょせん》、若い女の仕事。歳を取り、しわが増え、乳と尻が垂れれば終わり。妾の仕事はなくなっても、生きていかねばなりません。それをもっともよく知るのは、妾本人でございますから」

昼兵衛がうなずいた。

「一応、針は持たれるのですが、まったく身が入っていませぬ。ただ動かしているだけ。あれは裁縫に興味がないのではなく、周囲に合わせているだけ」

「そういう態度を取る者は、三つだけ。先のない者、ないとわかっている者、そして、先が決まっている者」

「先のない者か」

新左衛門の目つきが変わった。

「はい。吉原の女でございまする」

はっきりと昼兵衛が断言した。

「細作《さいさく》というわけだな」

「おそらくは」

「わかっていながら放置しているのはなぜだ」

「鳴子代わりでございますよ」

　新左衛門の問いに、昼兵衛が答えた。

「動きを知るためだと」

「はい。もし、吉原がようを使い捨てにするならば別ですがね。でなければ、なにか仕掛ける前に、引きあげさせましょう」

「なるほど」

「それに女を道具としか見ていない吉原でございますよ。あれほどの女を捨てるわけございません」

　昼兵衛が告げた。

「では、わたくしはようさんを見張れば」

「いいえ。八重さまは気になさいませんように。見張ろうとすれば、気がどうしても、そちらに向きましょう。八重さまもご経験をお持ちではございませんか。なんとなく見られている感じがあったとか」

「ございました。伊達家におりますときに」

八重が答えた。

「とくに、探るために入りこんだのでございますよ。周りに気を配っておりましょう。普段より敏感になっていて当然」

「わかりました。わたくしはそのままでおりましょう」

「お願いいたしまする」

首肯した八重に、昼兵衛が頼んだ。

「では、ちと、わたくしは用がございますので、少し奥へ参りまする。それまで、お二人で、店番をお願いします」

言うだけ言って、昼兵衛は急いで出て行った。

「あっ……」

「…………」

取り残された新左衛門が驚きの声をあげ、八重は黙った。

いきなり二人きりである。新左衛門は戸惑った。長屋にいたころは、他の住人が近くにいたため、二人きりという状況とは言いにくかった。おかげで、話もしやすかった。

「……お辛くはございませんか」

沈黙を破ったのは、八重であった。

「辛いとは」

「わたくしのために、長屋を……お住まいを失われてしまって」

八重が申しわけなさそうに言った。

「ああ、気にされずともよろしゅうござる。男一人、横になるだけの場所があれば、どこでも変わりませぬ」

新左衛門が手を振った。

「そうおっしゃっていただくと助かりまする」

少しだけ八重が愁眉を開いた。

「八重どのこそ、ご不便でございましょう」

妾屋の二階は、二部屋しかない。それを四人で使っている。一人部屋というわけにはいかない。見も知らぬ他人と同室で生活するのだ。新左衛門は八重の苦労をおもんぱかった。

「慣れておりまする。伊達家におりましたときは、かならず側に誰かおりましたゆえ」

「さようでございましたな」

返答に新左衛門はなんとも言えない顔をした。伊達家にいたときの八重は、当主伊達斉村の側室だった。弟のために、身体を売り渡した女とその女に惚れている男のする話としては重すぎた。

「…………」

二人の間をふたたび沈黙が支配した。

「邪魔するぜ」

長い暖簾を大きく手で振り払って、男が二人山城屋へ入ってきた。

「来たか」

二人の顔を見た新左衛門が呟いた。

「お出でなさいませ」

八重が応対に立った。

「ほう……」

入ってきた男が、八重を見て目を見張った。

「おめえさんは、山城屋さんの女将さんかい」

最初に入ってきたがっしりとした体型の男が問うた。

「いえ。わたくしは当家の係う人でございまする。お客さまでいらっしゃいますか。ただちに主を呼んで参りまするので、しばしお待ちを」

首を振って立ちあがろうとした八重の左手を男が摑んだ。

「いやいい。おめえで。妾屋にいるんだ、金が要るんだろう。こんな場末の山城屋なんかでは、生涯かかってもお目にかかれない大金を払ってくださるところがある。そっちへ連れて行ってやるよ」

男が八重を引っ張ろうとした。

「手を離しなさい。わたくしは妾ではありませぬ」

八重がきつい口調で拒んだ。

「なにを言ってやがる。妾屋にいるなら、客が欲しいんだろう。武家の出らしいが、金の前には股を開くくせに、お高くとまっているんじゃねえ」

下卑た笑いを男が浮かべた。

「なっ……」

過去をえぐるような言葉に八重が絶句した。

「……………」

その瞬間、新左衛門が動いた。一気に近づくと、八重を掴んでいた手をねじあげた。

「くうう」

「なにしやがる」

男が苦鳴をあげ、もう一人の若い男が険しい顔をした。

「八重どの、奥へ」

「すいません」

一礼して八重が、奥へと逃げた。

「市朗、追いかけろ。あれだけの女だ。連れて帰れば、きみがててが喜ばれる」

手をひねりあげられたままで、歳嵩の男が指示した。

「へい」

市朗と呼ばれた男が、土足のまま駆けあがろうとした。

「無礼は許さぬ」

歳嵩の男を突き飛ばした新左衛門が、素早く市朗を捕まえた。

「離しやがれ」

市朗が殴りかかった。

「ふん」

かわして新左衛門は、市朗の左腰を蹴り飛ばした。

「ぎゃああ」

市朗が悲鳴をあげて、土間へと落ちた。

「こいつ……」

歳嵩の男が身構えた。

「お静かに願いましょう」

暖簾を割って、昼兵衛が店に戻ってきた。

「山城屋……」

市朗が呟いた。

「わたくしの顔をご存じ。あいにく、わたくしに覚えはございませんがね。おまえさんたちの」

昼兵衛がじっと二人を見た。

「おい。てめえの店では、客に乱暴を働くのか」

歳嵩の男が、怒鳴った。

「客……どこに」

しらっとした顔で昼兵衛が返した。

「ふざけているのか。それとも俺たちは客じゃねえと」

歳嵩の男が凄みを利かせた。

「どの口で客だと言いますかね、吉原のお方」

「……なにっ」

正体を言い当てられた歳嵩の男が驚いた。

「日頃から口にしていると案外気づかないものなんでしょうかねえ。おまえさん、先ほどそこの若いのに命じたでしょう。きみがててが喜ぶと」

「……っ」

歳嵩の男が息を呑んだ。

「きみがてて。この名称を使うのは、いや、使えるのは、ただ一人。吉原惣名主の西田屋甚右衛門だけ。吉原のかかわりが、妾屋に客で来る……あるはずなどない」

冷たい声で昼兵衛が言った。

「…………」

「佐助の兄い」

歳嵩の男は黙り、市朗が情けない顔をした。

「そして、西田屋甚右衛門をそう呼ぶのは、吉原の遊女と忘八のみ。忘八は看板を背負わずに大門を出てはならぬはず」

さらに昼兵衛が追い討った。

「市朗、やっちまえ」

大声を出した佐助が、懐から匕首を出した。

「へいっ」

市朗も匕首を抜いた。

「山城屋どの。いいな」

「ご遠慮なく。吉原の看板を身につけず、刃物を抜いたんでございまする。殺したところで、町奉行所はかかわってきません」

確認した新左衛門へ昼兵衛が告げた。

「少し汚すぞ」

新左衛門が血しぶきの飛沫を断った。

「どうぞ。その代金は吉原から取り立てましょうほどに」

昼兵衛が口の端をゆがめた。

「ふざけたことを」

佐助が匕首を鋭く振った。

「……ふん。そこそこ場数は踏んでいるようだが」

あっさりとかわして新左衛門は、脇差を構えた。

「そのていどでは、届かぬ」

新左衛門は嘲笑した。

「てめえ」

さっと佐助の顔が赤くなった。

「……やろう」

じりじりと新左衛門の正面から外れていった市朗が、横から突っこんできた。

「甘いわ」

新左衛門は、足を留めたまま、脇差を振るった。

「ぎゃっ」

市朗が悲鳴を出した。

人というのは、命が惜しい。斬られるとの覚悟を持って戦わないと、恐怖から腰が引け、刃物だけを前に突き出してしまう。

市朗もそうであった。右手に握った匕首を新左衛門に向け、身体は後ろに残す。体重が後ろに引いた足に載っている一撃など、かわすだけの価値もなかった。

小さく上下した脇差で、新左衛門は市朗の肘《ひじ》を斬り飛ばした。

「腕、腕ええええ」

血を噴く右手を左手で押さえながら、市朗がわめいた。

「市……」

佐助が息を呑んだ。

「よくも仲間を」

「先に抜いたのは、そちらだ。斬りかかられたから、相手をした。当然であろう」

冷静に新左衛門が言い返した。

「それに、きさまら山城屋を見張っていただろう」

「……気づいていたのか」

「気づかれていないと思っていたことに、驚くわ。ああも毎日同じところをうろついていれば、誰でもわかろう」

唖然《あぜん》とする佐助へ、新左衛門があきれた。

「知っていて……はめやがったな」

佐助の頭に血が上った。

「くたばれええ」

匕首を腰だめにして佐助が、新左衛門へ向かってきた。

「阿呆が」

新左衛門が脇差をまっすぐ前に出した。

「ぐえええええ」

脇差に胸を貫かれて、佐助が血を吐いた。

「度胸だけと年数を重ねた修業。勝負になるはずなかろうが」

言いながら、新左衛門が右手で佐助の手首を叩き、匕首を落とさせた。

「出て行ってもらおうか」

脇差を刺したまま、新左衛門は佐助を押した。

「………」

声も出ない佐助を新左衛門は、店の外へ連れ出し、返り血を浴びないように蹴り飛ばした。

「あああああ」

脇差の抜けた傷口から盛大に血を撒きながら、佐助が倒れた。

「ああ……」

やがて血の勢いが落ち、佐助が息絶えた。

「吉原のために死んだのだ。後で引き取りに来てもらってやる」

新左衛門が、佐助を片手で拝んだ。

「無駄でございますよ」

店に帰ってきた新左衛門へ、昼兵衛が首を振った。

「吉原の忘八は、人としてはもう死んでいるも同然。すでに死んでいる者のためには、誰も動きませんよ」

「では、どうなるのだ。放置とはいくまい」

吉原には女を入れて千をこえる人がいる。となれば、死人も出た。

「日本堤に投げこみ寺がございましたでしょう」

「投げこみ寺……」

新左衛門が首をかしげた。

「おや、先日、山形さまと吉原に行かれたとき、お話はなかったので」

「ああ。なにもなかったが」

確認されて、新左衛門は答えた。

「なるほど。あまり悲惨なところを吉原へ行く前に教えたくはなかったのでございましょう。山形さんらしい」

一人昼兵衛が納得した。

「投げこみ寺とはなんなのだ」

新左衛門が問うた。

「大川沿いから日本堤へ曲がる角近くにある寺でございますよ。寺号はなんとか庵とか言うそうですが、誰もそう呼びません。わたくしも正式な名前は忘れてしまいました」

「名前から想像できるが、そこへ遊女や忘八の死体を」

「さようで。死んだ遊女、忘八は素裸にむかれて、その投げこみ寺のなかに掘られた穴に、筵一枚かぶせられただけで捨てられるのでございますよ」

首肯した昼兵衛が述べた。

「埋葬さえされない……」

「臭《にお》いませんでしたか」

「潮の匂いが強かったのでな」

新左衛門がわからなかったと告げた。

「まあ、季節もありますし、死体がなければ臭いません。聞いた話ですがね、夏で風向きが悪いときなど、吉原中に腐敗臭が漂って、むごいことになるそうで」

「……勘弁願いたいな」

聞いた新左衛門が顔をゆがめた。

「やっと静かになりましたな」

昼兵衛が市朗を見た。

片肘から先を落とされたくらいで、人は死ななかった。大きな血管があるとはいえ、首の血脈ほど太くなく流れも激しくはない。なにより、人の身体はうまくできている。斬られた肉は、少しでも出血を防ごうとして縮む。

「はあ、はあ」

抵抗する気力もなにも失った市朗が、座りこんでいた。

「手当してやってください」

「わかった」

昼兵衛の指示に従って、新左衛門が刀の下緒《さげお》を外した。手慣れた運びで、右手の二の腕を強く縛る。こうして血の流れを止めるのだが、その代わり、下緒から先には血が行かなくなり、放置しておくと腐り落ちた。

「吉原までつきあってもらうよ」

立ち上がって昼兵衛が市朗に告げた。

「ひっ……」

市朗が脅《おび》えた。

「失敗した者を許さないとかいう掟があるかも知れないがね。それは、そちらの都合で、こちらにはまったく関係ない」

「や、止めてくれ」

腰を落としたまま、市朗が後ずさった。

「人を殺そうとした割に、肚の据わってない」

新左衛門があきれた。

「担いでやる。おとなしくしていろ」

近づいた新左衛門が、市朗に当て身を喰らわせた。

「ぐっ」

意識を失った市朗を、新左衛門が肩に担いだ。

「行こうか」

「はい。ちょっとだけお待ちを。おい、番頭」

「へい」

二階の階段へ上がるところを守っていた番頭が顔を出した。

「和津《わつ》さんを呼んできておくれ。わたしたちが留守の間の守りをお願いしないとね」

「そうであったな」

昼兵衛の言葉に、新左衛門が理解した。

「すぐに」

番頭が走っていった。

小半刻かからず、和津が駆けつけてきた。

和津は飛脚である。江戸と大坂、京を行き来する飛脚は、手紙の他に商品や金を運ぶこともある。金を運ぶとなれば、盗賊に狙われる。飛脚は山中で出てくる賊を追い払うだけの武芸を身につけていた。

「海老から話は聞いていました。攻めてきましたか」

「ああ。大月さまがいらしてくれたからね。なんとかなったが、これで終わったとは思えない。悪いが、留守を頼めるかい」

「承知いたしやした」

和津が引き受けた。

「いいのかい、わたしに協力したら、二度と吉原へ行けないよ」

「女なんぞ、勝手なもの。あっしには不要で。あっしには、人形がござんす」

和津が笑った。飛脚という商売柄、痩せている和津だが、なかなか顔立ちはいい。危険を伴う飛脚の日当はよく、見た目も悪くない。女不足の江戸でも、不自由しないのだが、なぜか和津は、女に興味を持たなかった。代わりに、生き人形と言われる精巧な造りの人形を好んだ。金ができると、新しい人形を買うか、人形用の衣服を誂えるかしていた。

「助かるよ」

妾屋としては、とんでもない相手だが、腕はたしかである。昼兵衛は和津に厚い信頼を置いていた。

「思いきってやってよろしゅうござんすか」

和津が尋ねた。

「ああ。町奉行所が介入してくることはない。林出羽守さまの折り紙付きだ。好きにやってくれていい」

「……………」

昼兵衛の返答に、和津が口の端をつりあげた。

「……頼んだよ」

少しだけ引いた昼兵衛は、後を任せて店を出た。

四

「すいませんね。重いでしょうに」

市朗を担いでいる新左衛門を、昼兵衛が気遣った。

「駕籠を雇うわけにはいくまい。見せつけねばならぬのだろう」

「仰せのとおりで。いかに放置しておくつもりでも、こうやって顔を晒して目立つように運べば、町方も見過ごせますまい。忘八とはいえ、顔を知っている者はいましょうからね」

「看板を背負わずに、大門外に忘八が出た。こうなれば、いくら金をもらっていても町方でも我らに手出しできない。先に法度を破ったのは吉原だからな。それもこれには含んでいる」

「やれ、大月さまも人が悪くなってきましたね」

昼兵衛が笑った。

「疑うことを知らなかった大月さまは、どこへ」

「世間知らずのままの浪人など、生きていけまいが」

新左衛門が微妙な顔をした。

「そのとおりで。そして、惚れた女を手にすることもできませんな」

「……ああ」

ふたたび新左衛門の声に怒りがこもった。

「他の男に八重さまが触られた。不快でございましょう」

「これほど嫌な気分だとは思わなかった。妾番を雇う旦那の気持ちがわかった気がする」

妾に他の男が近づかないように見張るのが妾番である。

「最初、妾番をしたとき、なぜこれほどの大金を払ってまで、妾を守ろうとするのかわからなかった。いや、おかしいと思った。もらっておきながらなんだが、こんな無駄金はないと感じていた」

「はい」

気づいていたと昼兵衛が首肯した。

「男にとって、愛しい女ほどたいせつなものはないな」

「さようでございますよ。たとえそれが妻であっても、妾であっても変わりません。立場なんぞ、好き合う男と女にとってどうでもよいこと」

新左衛門の感想に、昼兵衛がうなずいた。

「哀れな。上様は、好きな女との逢瀬さえ政になる」

ちらと新左衛門が江戸城を見た。

「ええ。将軍さまの場合、立場をこえるわけにはいきませんからね。上に立つ者ほど不自由になる。権には義務がつきまとう。いや、権には枠がある。それに気づいていない連中が、権を欲しがる。馬鹿な話で」

昼兵衛も同意した。

吉原大門をくぐった二人は、すぐに会所から出てきた三浦屋の屋号を染め抜いた黒半纏姿の忘八たちに囲まれた。

「ちょいとお待ちを。旦那方」

昼兵衛の前に立った三浦屋の忘八が口を開いた。

「なんだい」

「そちらの旦那が、担いでおられるのは怪我人ではございませんか。ここは、吉原。医者のいないところでござんす」

忘八が問うた。

「わたしはね、浅草で人入れ稼業をしている山城屋昼兵衛という者だ」

「これは失礼をいたしやした。あっしは、会所を預かっております三浦屋の若い者頭、源五郎《げんごろう》で」

名前を名乗らずに詰問する無礼を昼兵衛に咎められて、源五郎が詫びた。

「ここは客を迎えるところだろう。礼儀はしっかりしないといけない」

厳しく昼兵衛は叱った。

「気を付けやす。で、その怪我人は」

源五郎が本題へ戻した。

「顔を知っている者もいるはずだよ。大月さま」

「おう」

新左衛門が市朗を下ろし、会所前の地面に横たえた。

「こいつは、西田屋の……」

顔を覗きこんだ会所の忘八が口にした。

「なんだと。安《やす》、まちがいねえな」

「へい」

源五郎に念を押された安がうなずいた。

「失礼でございますが、ちと会所のなかへご同道を」

ていねいに腰をかがめながら、源五郎が険しい目つきで告げた。

「いいけどね。こいつがどういう状況かわかっているだろう。もし、かばうようなまねをしたとき、どうなるかは覚悟しておきなさい」

吉原大門のなかで、会所は町方以上の権を持つ。昼兵衛は従うと言いながら、太い釘を刺した。

「三浦屋の看板にかけまして」

源五郎が誓った。

会所のなかは忘八たちが控える土間と、事情を聞くため、あるいはもめ事を起こした客を捕まえておくための板の間しかない。会所の忘八たちは、交代で三浦屋から出され、休憩、飲食、就寝は、見世でおこなう。

暴漢対策の刺股や袖がらみなどが置かれた会所の板の間で、昼兵衛と新左衛門は源五郎と対峙した。

「事情をお願いいたしやす」

「こいつはね、もう一人と……」

求められて昼兵衛が経緯を語った。

「看板を身につけず、店に押し入る……」

「近所の人たちも見ている」

疑いの目をした源五郎に、昼兵衛が付け加えた。

「少しお待ち願えますか。おい、旦那を呼んできてくれ」

手に余ると、源五郎が配下の忘八に命じた。

「手早く頼みたいですね。これでも店を切り盛りしていますのでね。無駄に遊んでいてはやっていけません」

吉原は遊びに来るところである。そこに来て遊んでいる余裕がないと言ったのは、痛烈な嫌味であった。

「…………」

無言で源五郎が頭を下げた。

「おい。お茶をお出ししろ」

源五郎の指示で、昼兵衛と新左衛門に茶が供《きょう》された。

「ほう、意外といい茶葉を」

「うまいな。久しぶりに色だけでなく、味もある茶を飲んだ」

昼兵衛と新左衛門が茶を口にして感心した。

「こちらのお方かい」

茶を飲みきる前に会所へ立派な身形《みなり》をした壮年の男が現れた。

「初めてお目通りを願いまする。この会所を預かっております三浦屋の主、四郎左衛門と申しまする」

ていねいに三浦屋四郎左衛門が小腰をかがめた。

「浅草で人入れ稼業をしている山城屋昼兵衛で。こちらは、わたくしの知己の大月新左衛門さま」

昼兵衛が代表して、名乗りをあげた。

「早速でございますが、お話を伺わせていただいても」

三浦屋四郎左衛門が促した。

「けっこうですよ。先ほどもその男衆に話しましたが……」

もう一度昼兵衛が、吉原が妾屋を支配すると言い出したところから今までを語った。

「…………」

黙って聞いていた三浦屋四郎左衛門の顔つきが険しくなっていった。

「……ということですよ」

「申しわけございませんでした」

話し終わった昼兵衛へ、三浦屋四郎左衛門が詫びた。

「妾屋の一件は、吉原の総意じゃないと」

詫びの理由を昼兵衛は理解していた。

「はい。妾は特定の男に奉公するもの。多くの男に抱かれ、そのたびに金をもらう遊女とは違いまする。吉原が手出しできる岡場所の遊女や湯女とはまったく別のもの」

三浦屋四郎左衛門が告げた。

「吉原惣名主の名前で要求が来たけれど……」

「恥ずかしながら、わたくしどもには、いっさいなんの話もございませんでした」

はっきりと三浦屋四郎左衛門が関与を否定した。

「吉原惣名主は、たしか西田屋甚右衛門さんだったね。その人の独断だと」

「おそらくは。のちほど、他の見世の主たちにも問うてみまするが……」

確認した昼兵衛へ、三浦屋四郎左衛門が表情をゆがめた。

「呉服問屋の浜松屋さんはご存じかい」

「はい。わたくしどものお客さまではございませんが」

「西田屋さんの客かな」

「いいえ。たしか、卍屋さんのお馴染みだったかと」

江戸でも有数の大店であるだけに、浜松屋は吉原でも有名であった。

「浜松屋さんとわたくしは、ちょいともめ事がありましてね。それの絡みだと思ったんだけれど、西田屋さんとのかかわりがないとなれば……」

「よろしゅうござんすか」

悩み始めた昼兵衛に源五郎が口を挟んだ。

「なんだね」

三浦屋四郎左衛門が発言を許した。

「五日ほど前、南町の中山さまが西田屋さんを訪ねられました」

源五郎が告げた。

「中山だと」

新左衛門が反応した。

「大月さま、どうしました」

「山形どのと吉原見物に来たとき、御用聞きともめた話はしただろう。あの後仲裁に出てきた同心が、中山と名乗っていた。今の話を聞いたぶんでは、我らと話をした後で、中山は西田屋と会った……」

問われて新左衛門が口にした。

「つながりましたねえ。浜松屋と西田屋が」

敬称を昼兵衛が取った。

「南町の同心が噛んでいる。町奉行所は抑えていただいたというのに」

難しい顔をした昼兵衛に、三浦屋四郎左衛門が言った。

「それで西田屋は、この忘八を看板なしで外へ出せたのでございますよ。看板なしの忘八を捕まえるのは、町方。そして浅草は中山さまの縄張り。捕まった忘八は、中山さまが取り調べて、どうするかを決める」

三浦屋四郎左衛門が述べた。

「おい、おまえ」

鋭い声で三浦屋四郎左衛門が市朗を呼んだ。

「…………」

「きみがててに命じられたのだな」

「…………」

市朗は沈黙した。

「沈黙できると思っているのか。きみがててといえども、この会所には口出しできないことくらい知っていよう」

三浦屋四郎左衛門が市朗を見下ろした。

「…………」

すっと市朗が目をそらした。

「源五郎」

「へい」

「こいつを吉原責めにかけなさい」

「承知いたしやした」

三浦屋四郎左衛門の命に源五郎がうなずいた。

「……ひっ」

口を固く閉じていた市朗が小さな悲鳴を漏らした。

「吉原責め……」

「わたくしどもが、足抜けしようとした遊女や遊女に手を出した忘八にくわえる拷問でございますよ。できるだけ長く苦しめるのを目的としておりましてね。足の指、手の指から始まって、全身の骨を砕いていく。傷跡が残っては、女が売りものになりませんのでね。晒しを分厚く巻いた樫の棒でいたしますが、男の場合は傷が残ろうがかまいませんので、鉄棒を喰らわしてやります。女なら指三本、男でがんばって両足。そのあたりで音をあげます」

淡々と三浦屋四郎左衛門が説明した。

「連れて行きなさい」

「へい。こっちへ来い」

源五郎が脅えて震えている市朗を引っ立てていった。

「あらためて、御礼を申しあげます。よくぞ、あの忘八を吉原へお届けいただきました。もし、中山さま以外の町方に突き出されていたならば、吉原は潰されたかも知れませぬ」

深々と三浦屋四郎左衛門が礼を言った。

「大門外で吉原忘八が暴れたとなれば、町奉行が出張る。そうなれば、吉原の陰を隠しとおせませんからねえ」

「お気づきでございましたか。さすがでございまする」

三浦屋四郎左衛門が感嘆した。

「わたしは妾屋だからねえ。女にかんすることでは、人後に落ちないと自負しているよ。吉原が隠したいのは遊女身売りの裏」

「……さようで」

　ぐっと三浦屋四郎左衛門の雰囲気が重くなった。人のよさそうな笑顔は消え、感情のない表情に変わっていた。

「吉原を潰しかねないまねをするなど、吉原惣名主の資格はございません」

　三浦屋四郎左衛門が西田屋甚右衛門を弾劾した。

「そのあたりは、吉原でやってください。大門内のことは、吉原でお願いしますよ。その代わり、外への手出しは……」

「わかっております。もし、なにかありましたならば、わたくしまでお報せくださいませ」

　釘を刺した昼兵衛に、三浦屋四郎左衛門が首肯した。

「では、帰りましょうか、大月さま」

「ああ」

　昼兵衛と新左衛門が会所を出た。

「次は、是非お遊びでお見えくださいますように。見世をあげて歓待させていただきまする」

大門まで送りに出た三浦屋四郎左衛門が、深々と頭を下げた。

「妾屋に言う言葉じゃないね」

昼兵衛が苦笑した。

第五章　妾屋の存亡

一

将軍の居間であり、執務部屋でもあるお休息の間には、多くの人が出入りした。

家斉の身の回りの世話をするために常駐している小姓組、小納戸組《こなんどぐみ》を除いても、老中、若年寄、大目付、目付とかなりの数になる。

将軍家斉に目通りを願う者は、まず、お側御用取り次ぎへ話をとおさなければならない。その後、小姓組頭の案内でお休息の間へと至る。

「出羽守どのよ」

「なにか」

案内している最中に声をかけられて林出羽守が足を止めた。

「あまり市中のよからぬ者とつきあわれるのは、いかがなものかの」

咎めるように言ったのは、若年寄青山下野守であった。寵臣の権は強い。老中、若年寄といえども、家斉から深い寵愛を受ける林出羽守には気を遣った。

「なんのことかわかりかねまするが」

林出羽守が首をかしげた。

「おわかりにならぬとは、上様のご寵愛深い出羽守どののとも思えぬの」

「…………」

黙って林出羽守が、青山下野守を見つめた。

「山城屋。こう言えばおわかりであろう」

青山下野守が告げた。

「たしかに山城屋ならば、存じておりますが、問題ある者ではございませぬ」

林出羽守が反論した。

「いやいや、女の問題に他人が口出しすべきではないとわかっておりますがな。上様のご信頼を裏切るようなことになっては……」

語尾を青山下野守が濁した。

「わたくしが、上様のご信任を裏切ると言われるか」

「いや、まったく懸念はしておらぬが、お気を付けになったほうがよいとの老婆心でござる」

「ご忠告痛み入りまする。では、御前へ」

林出羽守が、話を打ち切った。

「頼みいる」

家斉を待たせるわけにはいかない。青山下野守もそれ以上引き留めなかった。

「出羽よ」

用件をすませて青山下野守が、お休息の間を下がったのを見届けた家斉が、林出羽守を呼んだ。

「なにを言われた」

近くに寄った林出羽守に、家斉が訊いた。

「お気づきでございましたか。申しわけございませぬ」

家斉に心配をかけたことを、林出羽守が詫びた。

「下野守の案内に少し手間取ったうえ、そなたの表情がの、普段より厳しかったわ」

寵臣の様子を家斉は、しっかりと把握していた。

「畏れ入りまする」

もう一度林出羽守が、頭を下げた。

「なにを言われた」

「お耳に入れるのもはばかりまするが、上様にも多少ご縁のあることでございますれば、お話をさせていただきまする」

林出羽守が、最初からの事情を語った。

「……ほう。八重を妾にとな。その浜松屋とやら、なかなか女を見る目を持っているようだな」

家斉が笑った。

「……だが、おもしろくはないな。内証が気に入っている八重を思うがままにいたそうなどとは」

「はい」

「なにより、断られたからと、家を追い立て仕事を奪うとは、男の風上にも置けぬ。

そのうえ、下野守を使ってそなたに圧力をかけようなどと、商人風情が傲慢にもほどがある」

　笑いを家斉が消した。

「……………」

　林出羽守が無言で平伏した。

「出羽よ」

「はっ」

　頭を畳につけたまま、林出羽守が家斉の言葉を待った。

「下野に教えてやれ。浜松屋が狙っている女は、躬が欲しているとな」

「承知いたしました」

　林出羽守が受けた。

「……もう一度大奥へ呼べぬか」

　声音《こわね》を柔らかくして、家斉が尋ねた。

「八重を手に入れることで得られるものより、失うもののほうが多うございましょう」

小さく林出羽守が首を振った。

「ではございますが、上様が欲せられるとなればいかようにも」

林出羽守が家斉の顔色を窺った。

「ふん。躬を試す気か、出羽」

家斉があきれた。

「女一人のために、不利を受け入れはせぬ。将軍にとって、女は道具でなければならぬ。ただ丈夫な子を産むためのな」

苦く家斉が顔をゆがめた。

「上様……」

「もう、内証のように辛い思いをさせたくはない。望まぬ召し上げなど、女にとって不幸でしかあるまい。なにより、躬に女をあてがいたい輩はいくらでもいる。自ら望んで、躬の閨へ侍りたいと願う女もな」

気遣わしげな声を発した林出羽守へ、皮肉な口調で家斉が述べた。

将軍の側室となるのは、旗本の子女にとって大いなる名誉であった。将軍の寵愛を受けるだけでも、出世の糸口になる。そのうえ、子供でも産めばお腹さまとなり、将軍家の身内となる。もし、産んだ子供が次の将軍となれば、実家を大名とするのも夢ではなくなる。

「では」

お休息の間を後にした林出羽守は、若年寄の在する下の御用部屋ではなく、役人たちの出入り口であるお納戸御門へ向かった。

「邪魔をするぞ」

御門手前で足を止めた林出羽守は、板戸に声をかけた。

「どなたさまでございましょう」

すぐに板戸がなかから引き開けられた。

「こ、これは出羽守さま」

開けた男が林出羽守の顔を見て驚愕した。

「すまぬの。貴殿は……」

林出羽守が名を問うた。

「わたくしは鍋島家留守居役三藤兵磨《さんとうへいま》と申しまする。以後お見知りおきを」

男が名乗った。

「鍋島どのが、ご家中でござったか。三藤どの、よしなに」

林出羽守が挨拶を返した。

「畏れ入るが丹波青山家のご家中はおられるかの」

「若年寄青山下野守さまの留守居役どのでございますか。おりまする。西川《にしかわ》どの」

求められた三藤が、呼び出した。

「なにかの……これは、林出羽守さま」

顔を出した西川が、林出羽守の姿にあわてた。

「このようなところに、お珍しい」

西川が用件を問うた。

ここは江戸城内で唯一陪臣が滞在できる場所、留守居役溜《だまり》であった。諸藩の留守居役は、特殊な役柄であった。留守居役は、幕府、あるいは他藩との折衝役であった。今度、幕府がこのようなお手伝い普請を考えているなどという情報をいち早く知り、我が藩へ押しつけられぬよう手を打つなどを主な任とした。ぎゃくに、幕府からの命令を受け入れやすくするという役目も担っていた。将軍からいきなり命じられて、あわてた藩主がみょうな対応をしては大事になるからだ。もちろん、幕府としても、あらかじめ根回しをさせることで、ものごとがすんなり進むほうがありがたい。そういう目的もあり、城内に座敷を設け、留守居役たちの滞在を認めていた。

その溜へ留守居役の仕事とあまり関係のない小姓組頭である林出羽守が、わざわざやってきたのだ。西川が怪訝な顔をしたのも当然であった。

「少しよいか」

林出羽守が、先に立って、留守居溜から離れた廊下の隅へと移動した。

「…………」

無言で西川がついてきた。

留守居役は一つの溜に集められており、日頃談笑をしているとはいえ、その背後では暗闘していた。なにせ、自藩に降りかかろうとした災悪を他藩へ押しつけるのが役割なのだ。表の友好は偽りでしかない。当然、幕府役人とどのような会話をするかなど、他の留守居役に聞かせられるわけなどない。こうやって廊下の隅で話をするのは日常であった。

「ここでよかろう」

林出羽守が、西川へと振り返った。

「御用は……」

西川が小腰をかがめて聞く体勢になった。

「じつは、本日下野守どのより、ご忠告をいただいた」

「………」

「ご存じのようだな」

表情になんの揺るぎも見せない西川へ、林出羽守が確認した。

「伺っておりました」

「それについて、どうも誤解があるようなのでな。お知らせしておいたほうがよいと思ったのだ」

「誤解でございますか」

わざとらしく西川が首をかしげた。

「うむ。このままでは下野守どのによろしくないことが起こるゆえな」

「よくないこと……」

ようやく西川が不審そうな顔をした。

「うむ。下の御用部屋でお話ししてもよかったが、そうすれば明日より下野守どのが、登城できなくなるだろうと配慮し、そなたに通告しておく」

「主が登城できなくなる……そのような……」

西川が戸惑った。

「事情を聞いているならば、わかろう。余が執心している女がおると教えられたようだがな……」

じっと林出羽守が西川を見つめた。

「あの女は、余ではなく、上様のお気に入りである。余は、その庇護を命じられた」

「……ひっ」

家斉の名前に、西川が腰を抜かした。

「上様がお気にされる女を余が存じ寄りの商人へ預けた。その女に横恋慕したのが、浜松屋だ。これ以上説明せねばならぬか」

「い、いいえ」

あわてふためいた西川が、大きく首を振った。

「このような話を下の御用部屋でできるか。上様のお気に召した女に横恋慕した商人の肩を下野守どのは持っている。そんな話が漏れれば……」

「ご、ご勘弁を願いまする。主には帰り次第、出羽守さまのご厚意をお伝えさせていただきますゆえ、なにとぞ」

西川が廊下に膝を突いて頭を下げた。

女の奪い合いとはいえ、将軍と争った商人の味方をしたなどと知れては、若年寄などしていられない。下手すれば藩ごと潰されかねない。過去、上様のお気に染まぬ行為があったという理由で幾多の大名が潰されている。西川が蒼白となった。

「後始末はしっかりなされよ。次はござらぬ。上様にお話は届いた」

「出羽守さまのお情けにすがらせていただきまする。どうぞ、主をお取りなしくださいますよう」

主君の失態は家臣たちの生活を直撃する。このたびのことで、青山下野守が罷免だけでなく、減封あるいは僻地への転任を命じられれば、家中に粛清の嵐が吹くことになる。そうなれば、もっとも最初に首を飛ばされるのは、話の裏を取れず、主君に恥を掻かせた留守居役だ。放逐ですめばよし、切腹を命じられかねなかった。

「承知している」

そう言って、林出羽守は西川を残して、お休息の間へと足を向けた。

「これで青山下野守は、吾に逆らえぬ。若年寄一人を掌中にできた。これも山城屋のおかげだの」

歩きながら、林出羽守が小さく笑った。

二

吉原惣名主とはいえ、すでに実権は三浦屋四郎左衛門に奪われて久しい。表だっての幕府との交渉は西田屋甚右衛門の仕事だが、それを吉原に浸透させるのは三浦屋四郎左衛門であった。

「西田屋さん」

とはいえ、神君家康公から認められたという格は重い。三浦屋四郎左衛門は、話をするために、西田屋甚右衛門のもとを訪れた。

「よろしくありませんね」

「なにがだ」

首を振る三浦屋四郎左衛門に西田屋甚右衛門が苦い顔をした。

「吉原はあくまでも、陰でなければいけません。表に出ようなどと思ってはろくなことがございませんよ」

「なにが言いたい」

「わたくしがなにも知らないとでも。市朗でしたかな、西田屋さんの忘八は」

「……市朗がどうしたと」

「わたくしどもが預かっております」

「なっ……」

西田屋甚右衛門の顔色が変わった。

「看板を背負わずに、大門外へ出ただけでなく、町屋へ押し入ったそうではございませんか。重大な違反でございますよ。町方に知れたらどうなりましょう、大門内は不介入の約束を奪われますぞ」

「証拠があるのか」

三浦屋四郎左衛門へ、西田屋甚右衛門が言い返した。

「市朗から看板を奪い取ったかも知れないだろう。三浦屋さんもそうだろう。取り立てに忘八を出すことはままある。その相手が金を払いたくがないため、看板を取って……」

「お止めなさい。きみがててての名前が泣きますぞ」

冷たい声を三浦屋四郎左衛門が出した。

「すべての遊女たちの父たれと、神君家康公から命じられた西田屋代々の当主にだけ許された称号。これは、終わらぬ苦行を続け、血の涙を流し続ける遊女たちを守れとの意味が込められております。江戸の町、いえ、天下には遊女が必須なのでござる。そうしないと荒ぶる男たちの気を収められず、泰平はあっという間に潰《つい》えましょう。そのことをおわかりだったからこそ、神君は初代西田屋甚右衛門どのに、きみがててという名前を与えられた」

「それがどうした。きみがててては、吉原の主という証拠である」

西田屋甚右衛門がうそぶいた。

「いいえ。きみがててては、吉原の主ではなく、遊女たちの盾。きみがてての きみは、辻が君に代表される遊女のこと。そしてててはととさま、そう、父がなまったもの。

きみがててとは、遊女たちの父親であり、どのようなことがあろうとも女たちを守るとの証。だからこそ、わたくしどもも従う」

三浦屋四郎左衛門が断じた。

「そのきみがててが、吉原の決まりを破ってどうするのです。それも、吉原の掟を破るなど論外でございましょう」

「掟など……」

「………」

鼻先で笑いかけた西田屋甚右衛門を三浦屋四郎左衛門が睨みつけた。

「掟があり、厳守しているからこそ、大門内は吉原のもの。町奉行さえ手出ししません。それをこちらが破ってしまった。よく、襲われた方が、市朗を町奉行所へ突き出されなかったと思いますよ。もし、そうされていたら、今ごろ吉原は町奉行所の手入れを受けていたでしょう」

三浦屋四郎左衛門が嘆息した。

「そうならなかった。では、問題あるまい。もし、市朗が町方に突き出されていたとしても、どうということはあるまい。もみ消すだけのものを町方には渡している」

「話になりませんな」

大きく三浦屋四郎左衛門が嘆息した。

「このままでは、吉原が潰れかねませぬ」

三浦屋四郎左衛門が立ちあがった。

「ご一同を集め、あなたさまから惣名主職を取りあげるようにお話を進めまする」

「なにを言うか。吉原惣名主は、神君家康公さまより我が西田屋へいただいたもの。それを取りあげるなどできるはずない。そのようなこと、幕府が認めるはずはないわ」

西田屋甚右衛門が逆上した。

「やりようなどいくらでもございまする」

「誰も従わぬ。儂が一言声をかければ、三浦屋を潰すこともできるのだぞ」

「それこそやってごらんになればいい。太夫を一人も維持できないような小見世が、吉原一の三浦屋に対抗できるなら」

言い捨てて三浦屋四郎左衛門が去っていった。

「ふざけたことを言いおって。吉原があるのは、我が先祖庄司甚内の功績のおかげ。それを忘れ、庄司甚内の血を引く、儂を排除するだと。その大言壮語、後悔させてくれる」

わなわなと西田屋甚右衛門が震えた。

「与蔵、与蔵」

大声で西田屋甚右衛門が呼んだ。

「これに」

すぐに西田屋の忘八頭与蔵が顔を出した。

「佐助と市朗はどうした」

「まだ二人とも帰ってきておりやせん」

訊かれた与蔵が答えた。

「市朗が三浦屋のもとにいるそうだ」

「失敗した……」

与蔵の表情が固まった。

「山城屋に取り押さえられたらしい」

「みょうでござんすね。どうして、三浦屋さんに」

教えられた与蔵が首をかしげた。

「会所で押さえられたんだろう。市朗を取り戻してこい」

「へい」

引き受けた与蔵だったが、まもなく悄然《しょうぜん》として帰ってきた。

「申しわけありやせん」

「情けないね。それでよく忘八頭が勤まるものだ」

「返せないの一点張りで……」

与蔵が小さくなった。

「そうかい。三浦屋は本気で、儂とやり合うつもりのようだな」

西田屋甚右衛門が目を細めた。

「与蔵、三浦屋以外の楼主たちを呼び出しなさい」

「……三浦屋さん以外のでございますか」

「同じことを言わせるな。さっさとせんか」

いらだちを西田屋甚右衛門がぶつけた。

「へい」

一礼して与蔵が駆けていった。

吉原には三千人からの遊女がいた。吉原の壁際の陋屋で春をひさぐ者などを除いても二千数百人をこえる。これらが大小合わせて百以上の遊女屋に属していた。そのなかから歴史、規模をもとに選ばれた五十数軒が吉原を差配する組合のようなものを作っていた。

「……これで全部かい」

一刻（約二時間）ほど待った西田屋甚右衛門が不機嫌な声をあげた。西田屋の奥、誘客をとおすことのない居宅の座敷に参集したのは、わずか十数名の楼主だけだった。

「他のお見世の旦那方は、多忙だと」

与蔵が小さくなった。

「そうかい。惣名主に逆らう馬鹿がそんなにいるとは思わなかった」

西田屋甚右衛門の声が重くなった。

「お待たせをしましたね」

不安そうな顔をしている楼主たちに、西田屋甚右衛門が笑いかけた。

「きみがてて、今日はいったいなにを」

「三浦屋さん、卍屋さん、松葉屋さんたちのお姿が見えませんが」

集まった楼主たちが口々に問いかけた。

「……吉原を大きくする……いや、金儲けの話をいたしましょう」

疑問には答えず、西田屋甚右衛門が言った。


昼兵衛は八重を前に嘆息した。

「どうしてもお受け取りにならないと」

「はい」

八重が強くうなずいた。

二人の間には、林出羽守から受け取った二十両と浜松屋から巻き上げた十八両、そして三浦屋四郎左衛門が出した堪忍金の十両、あわせて四十八両が置かれていた。

「受け取る理由がございません」

「ですから、この金は八重さまへの迷惑料だと……」

すっと八重の目つきが変わった。

「いえ、まちがいでございました。林出羽守さまからのお金は、大奥での報酬でございまする」

「それは弟の仕官をしていただくお約束でございまする。まさか、その話を反故《ほご》にする代わりに出羽守さまは……」

八重が震えた。

断絶した菊川の家を再興するため、弟を一人前の武士とするため、身を売った経験もある八重である。衝撃を受けて当然であった。

「いえいえ。出羽守さまは、そのようなお方ではございません。弟さまは、まだ昌平講を卒しておられませんので、旗本の籍をいただいていないだけで、かならず約束は守られましょう」

林出羽守が、家斉のためならどこまでも冷酷になれる人物だと昼兵衛はわかっていた。と同時に、敵に回らない限り、信頼に足るとも理解していた。

「この金は、報酬の追加でございますよ」

「迷惑料……」

「追加をいただくわけには参りませぬ。わたくしは弟を世に出していただく代わりに、大奥へ上がりました。それ以上のものをいただくつもりはございませぬ」

「……はあ。強情なお方だ」

先ほどより大きなため息を昼兵衛は漏らした。

「八重さま、この金で家を買っていただきたいのでございますよ」

昼兵衛は内情を話すしかなくなった。

「お気づきでございましょう。わたくしどもは、今争いの渦中にございまする。それに八重さまを巻きこみたくございません」

苦い顔で昼兵衛は告げた。

「………………」

じっと八重が昼兵衛を見つめた。

「……八重さま」

あまりの反応のなさに、昼兵衛が声をかけた。

「山城屋さま。わたくしが原因の争いでございましょう。それからわたくしだけが逃げろと仰せになりますか」

八重が目をそらさずに言った。

「はい」

あっさりと昼兵衛は首肯した。

「八重さまを守りながらでは、わたくしどもが戦えませぬ」

「足手まといだと」

「はっきり申しますれば。足手まといどころか、弱みでございまする。八重さまを押さえられては、大月さまが動けませぬ」

「…………」

八重が沈黙した。

「命のやりとりでございまする。ほんの少しの気の遅れが取り返しのつかない事態となりかねませぬ」

昼兵衛は真摯な表情で説得した。

「わたくしと大月さまが、存分に戦うには、八重さまが安全でなければなりませぬ」

「くうう」

　八重が唇を噛んだ。

「わたくしは役に立ちませぬか」

「いいえ。八重さまは十二分に役立ってくださっていまする。あなたは、大月さまが戦う理由」

「大月さまが」

「おわかりでございましょう。大月さまが八重さまのことを好いておられると」

「……ではないかと思ってはおりまするが……大月さまはなにもおっしゃってくださいませぬ。そしてなにより、わたくしは汚れた身」

　八重が目を伏せた。

「大月さま……だから、さっさとなさいませと申しあげたでしょうに」

　この場にいない新左衛門を、昼兵衛は小声でののしった。

「汚れた身とは、ずいぶんでございますな」

　昼兵衛が態度を厳しいものに変えた。

「八重さまは、妾たちが幸せを摑む資格がないと言われるのでございますな」

「そういうわけでは……」

「他にどう受け取れと。今のお言葉だと妾はすべからく汚れた身で、まともに婚姻をなしてはならぬとしか取れませぬな」

あわてて言いわけしようとした八重を昼兵衛は抑えた。

「妾屋として、聞き捨てなりませぬ。わたくしどものところに来た女たちの誰が、喜んで妾になりたいと思っていましょう。女ならば、よき夫を迎え、仲睦まじく、子をなしともに老いていくことを望んで当然。しかし、そうできない理由がある。だから嫌々ながら、他に道がないゆえ妾奉公を選んだのでございます。誰もが機を見て、妾という境遇から抜け出そうと考えている。それを八重さまは、ご存じのはず」

「……はい」

かぼそく八重が答えた。

「針仕事を覚えたい。妾で満足している女が、ちまちまとした針仕事をしたがりますか」

「いいえ」

二階で針仕事を教えているのは八重である。妾奉公の先を探している女たちが、どれほど真剣に針仕事を身につけようとしているかを見ている。ますます八重がうなだれた。

「妾をしていようが、遊女をしようが、その後幸せになっていいのですよ」

昼兵衛が優しく言った。

「なにより、大月さまを侮っておられませんか。大月さまが、八重さまを妾をしていた女と見下されるようなお方だと」

「いいえ」

はっきりと八重が否定した。

「大月さまをお嫌いですか」

「……いいえ。好ましいと思っておりまする」

ふたたび小声になって八重が告げた。

「まったく、お武家さまというのは、面倒でございますな。お二人とも好きならば、さっさと夫婦になってしまえばよろしいものを。大月さまは、大月さまで、踏みこもうとされない」

昼兵衛があきれた。

「夫婦……いえ。それは、弟が世に出るまでわたくしは……」

「わかっておりますよ。一緒になる前から、そこまで似なくともよろしゅうございましょうに。そのへんは、お二人でお決めくださいませ」

始末に負えないと昼兵衛が匙《さじ》を投げた。

「おわかりいただけましたか。この金で、八重さまは、いずれ大月さまと暮らされる家を求めていただきます」

「わかりましてございまする」

ようやく八重が納得した。

「番頭さん、菊川さまのお供をして、この半額くらいで買える家を探してきなさい。地所まで買わずともよいからね」

地所を買えば、地主となり幕府へ決まった金を納めなければならなくなる。だけでなく、土地を持てば、いざというとき動けなくなる。八重と新左衛門は、仙台伊達家にとっては、邪魔者でしかない。一応、昼兵衛の脅しが効いているおかげで、今はおとなしいが、いつ風向きが変わらないとも限らないのだ。

「江戸を離れるに、地所は邪魔だからね」

昼兵衛が八重に聞かせるように言った。新左衛門が踏みこんでこない理由を暗に知らせたのである。

「へい。では、菊川さま」

「……よしなに願いまする」

番頭に促されて、八重が店を出て行った。

「和津さん」

見送った昼兵衛が部屋の隅で膝を抱えている和津へ声をかけた。

留守を頼んで以降、和津は朝から晩まで、山城屋に詰めていた。

「山形さまのところへ、使いをお願いできますかね」

「大月さまが戻られてからでよければ」

警戒した和津が応えた。

新左衛門は、朝から住んでいた長屋の荷物を取りに出ていた。今日で前払いしていた店賃が切れる。八重を追い出した家主の持ちものに住み続ける気はないと、新左衛門も長屋を引き払うことにしていた。

「それでいいよ。さて、わたくしは帳面でもつけますかね」

昼兵衛は、結界と呼ばれる囲いのなかから出て、壁に作りつけていた棚を開いた。

「……よいしょ」

上から二つ目の棚をあさった昼兵衛が、分厚い帳面を取り出して、結界に戻った。

「初さんの奉公が本決まりになりましたから……これは無理を承知でのお話でしたので、割り増しをもらって五両と二分の入金。鈴掛屋さんへの上の女中斡旋は、いつものように一両の手間。今月は合わせて七両か。なんとか、足りますね。といっても来月に入金があるとは限りませんからねえ。女たちの部屋代だけでは、番頭の給金にもなりませんし」

昼兵衛が筆を置いて嘆息した。

「せちがらい世のなかになりましたねえ。少し前なら、妾の奉公が本決まりになったときは、祝い金として小判の何枚かをくれたものでしたが」

「そんなにもらえたんでございますか」

和津が目をむいた。

「昔の話だよ。みんなが景気がいいときの話さ」

「最近もよさそうでござんすが」

述懐する昼兵衛へ、和津が述べた。

「上辺だけはね。とくに商売人はそう見える。いや、見せていると言うべきなんだろうね。景気が悪いと公言すると、いつ潰れるかもわからないと人が離れていくだろう」

「なるほど。確かに金回りの悪い店で、ものを買おうとは思いやせんね」

和津が納得した。

「見栄を張らなきゃいけないから、よさそうな顔をしている。だが、妾は別だ。なにせ、なくても困らないものだからね。ただ、吉原にかようよりは安くつく。おかげさまで、店は商売繁盛なんだけどね。入るものは少ないのさ。お客が皆、吉原へ行く金を惜しんでいるんだ。妾に金をかけるはずはない。心付けなんぞ、出さなくても変わりないからねえ。こっちも商いだからねえ。心付けが出なくても、ちゃんとした仕事はする。しなければ、潰れるだけだからさ」

帳面に文字を書きながら、昼兵衛が答えた。

「もっとも、心付けをくだされば、ありがたいから、それだけの価値は返すよ。いい女をその方のために残しておくようにしたりね」

にやりと昼兵衛が笑った。

「千屋の旦那は、いつも気遣ってくださるからねえ。だから、慣例を破って初さんを奉公に出した。でなきゃ、慣例を破りはしませんよ。もっとも千屋さんは、金ではなくものでくださるから、あれなんだけどねえ」

微妙な顔を昼兵衛がした。

「千屋さんといえば、人形町のお茶問屋さん」

「そうだね。節季ごとにお茶の葉をたくさんいただいてるよ」

昼兵衛が語った。

茶は高級品である。まず、庶民が買うことはなかった。

「遅くなった」

そこへ新左衛門が帰ってきた。

「では、あっしはこれで」

「明日にでも顔を出してくださいとね」

「承知いたしやした」

飛脚の和津はあっという間に駆け去った。

「どうでした、家主は」

「なんとも言えない面だったな。多少溜飲が下がったわ」

浜松屋に従って、八重を追い出した家主は、その後八重が林出羽守の庇護を受ける女と知らされて、脅えていた。

「八重どのへ詫びだと金をな、包んできたが、叩きつけてきた」

新左衛門が述べた。

「それはわたくしがしたかったですな。あの家主とは多少のつきあいがありましたからねえ。もちろん、切りましたが」

昼兵衛が悔しがった。妾屋は、客の求める容姿の女を見つけるため、長屋の家主たちとつきあっていた。長屋にいる女のことを教えてもらうためであった。

「かわいそうではあるんですがね。浜松屋には逆らえませんから。でも、追い出すにしても方法が悪い。次に移るところを紹介くらいしないと道に外れます。店賃を溜めたわけではなく、家主のつごうで追い立てるなら、迷惑料は出さなければいけません」

同情するようなせりふを口にしながら、昼兵衛の声は低かった。

「おや、もうこんな刻限ですか。大月さま、昼餉をどうしましょう」

「拙者はそこらの屋台で適当にすませるつもりだ」

浅草寺に近いだけに、食べ物を売る屋台はかなり出ている。新左衛門は、いつもそのなかの煮売り屋で食べるか、味門まで出かけるかをしていた。

「では、少しつきあっていただけますか」

「いいが、店に番頭の姿は見えぬぞ」

留守にしていいのかと新左衛門が問うた。

「すぐに番頭が戻ってきますよ」

言いながら昼兵衛が顧客帳をもとの位置に戻した。

「参りましょう」

「……ああ」

納得いかないといった顔ながら新左衛門が従った。

二人が店を出て行くのを見ていたように、ようが二階へ下りてきた。

「…………」

昼兵衛が触っていた棚を開けると、なかから綴《と》じられた紙の塊を取り出した。無言のまま帳面を懐に収めたようが、店の外へと出た。

「ここだ」

出てきたように、山城屋の向かい側の辻から呼び声がかかった。

「これを……」

ようが素早く懐から帳面を出した。

「ご苦労だったな」

「これで、わたしも帰れますね」

受け取った与蔵へ、ようがほっとした顔をした。

「なにを言っている。おめえは、まだ山城屋に忍んでいろ」

冷たく与蔵が告げた。

「そんな。もう勘弁をしてください」

ようが泣きそうになった。

「駄目だ。きみがてての命だ。吉原では、きみがてての命は絶対だと知っているはずだ」

「……耐えられません」

激しく首を横に振って、ようが拒んだ。

「逃げ出したりしてみろどうなるかわかっているはずだ。遊女が足抜けして捕まらないときは、親元で残りの借財を引き受けてもらう。掟を破った罪として、倍になった借金を一括で払ってもらう」

「そんなお金、あるはずないでしょう。あれば、わたしは吉原に売られてなんかいません」

ようが無理だと言った。

「あろうがなかろうが、こちらの知ったことではない。払えないならば、おまえの姉や妹を吉原へ連れてくるだけだ」

淡々と与蔵が述べた。

「…………」

大きくようがうなだれた。

「わかったならば、山城屋へ戻れ。気づかれてしまう。なに、もう少しの辛抱だ。それに、きみがてては約束してくださったはずだ。ことが成就すれば、借金は棒引きにしてやるとな」

「……本当に」

「きみがててては約束を破られない」

与蔵がはっきりと告げた。

「わかりました」

重い足取りで、ようが山城屋の暖簾をくぐった。

「…………」

さっとあたりを見回して、与蔵が路地へと姿を消した。

「よいのか」

「大事ございませんよ」

新左衛門と昼兵衛は、一部始終を一筋離れた辻の角から見ていた。

「地の利はこちらにあるというに、あれで隠れていたつもりなんですからねえ」

与蔵の姿を呑みこんだ辻を、昼兵衛が見て笑った。

「山城屋を見張るには、どこがよいかなど、こちらは重々承知している」

用心棒は、まず守るべき家の周囲を調べる。敵がどこから来て、どちらへ逃げるか、それをふまえていなければ、警固などできるはずもなかった。

「かつて吉原の忘八は、取り潰された藩の浪人たちで、それこそ、武芸につうじた連中ばかりだったとか。それも、今は昔のようで」

幕府に主家を潰された浪人に居場所はなかった。仕官の口など、天の星を摑むよりも難しい。代々生活を保証してくれた禄を失った浪人たちが落ちていくところは、一つしかなかった。腰の刀にものを言わせた押し借り、強盗である。当たり前だが、このようなまねをすれば、手配をされることになる。浪人は町奉行所の支配を受ける。田舎の代官所ではない。江戸の町方は優秀であり、すぐに下手人を追いつめる。江戸の町に逃げる場所はない。やむなく浪人たちは町奉行の手が届かない吉原に潜む。武芸に覚えがあり、人を殺すことに平気な浪人たちを吉原は受け入れた。

だが、大名を潰す危険に気づいた幕府が、方針を転換したことで、江戸の浪人たちは減った。そして、吉原にかくまわれていた浪人たちも歳老い、死んでいった。

今の吉原には、肚の据わった忘八はいない。いないわけではないが、少なくなった。代わって、吉原に住み着いた者たちは、さしたる罪ではないにもかかわらず、町奉行所に捕まることを恐怖したか、借りた金の催促に耐えられなかったかなど、腕も肚もない小者がほとんどとなっていた。

「さて、あれを見て、西田屋はどうするでしょうねえ」

昼兵衛が楽しそうに笑った。

「それよりも、問題がございますねえ」

笑いを昼兵衛が消した。

「なんだ」

「あいつも吉原の看板を背負っていませんでした。看板なしで世間へ出ない。これは吉原と町奉行所の間で交わされた密約。それを吉原が一方的に破っているにもかかわらず、町方は一向に手を打ってない」

「たしかにな」

昼兵衛の言葉に、新左衛門は同意した。

「いかにうちを襲った忘八を吉原に返して、表沙汰にしなかったとはいえ、町方が知らないはずはございません。町方と吉原はずぶずぶの仲」

「…………」

新左衛門が沈黙した。

「だが、林出羽守さまは、町奉行所を抑えたと言われていたはずだ」

新左衛門が首をかしげた。

「上から言われたことを遵守するとは限りませんからね。とくに町方は、代々その座から動きません。入れ替わる町奉行の指示など聞いたような顔をするだけ」

「面従腹背か」

「それでなければ、一部の跳ねっ返りか」

「跳ねっ返り……」

聞いた新左衛門が思い当たった顔をした。

「はい。おそらくあのときの南町の同心中山さま」

「どうする。町方を相手するのは困難だぞ。なにせ、向こうには十手がある」

新左衛門が表情を曇らせた。

町方同心は、岡っ引きなどの手下とは違った。手下が罪人を捕まえるのは、同心たちの指揮のもとでなければならない。それだけに抗弁のしようもあった。確実な証がなければ、むやみやたらに十手を振り回すわけにはいかない。だが、同心には逆らえなかった。同心の十手は幕府のものである。それに抗《あらが》うのは、謀反に等しい。

「同心から同道を求められれば、断れぬ」

「はい」

昼兵衛も苦い顔をした。

「ですが、その心配はございませんでしょう。林出羽守さまの脅しは、甘くはありません。わたくしたちに直接の手出しをして、無事ですむはずはございませんから」

「直接か。代わりに吉原の無法を見逃す」

新左衛門が理解した。

「桶屋の辰に手札を与えていることから見て、あの中山という同心の縄張りは、この浅草一帯でございましょう。だから看板を背負っていない忘八が出られる」

「どうする」

「方法は一つしかございませんな。大門内に手が出せませぬ。西田屋甚右衛門を片づけることはできません」

昼兵衛が手を振った。

大門内は苦界である。常世ではない。吉原のなかでは、殺された者が悪いのだ。いかに新左衛門が腕に覚えがあろうとも、昼兵衛がどれだけ世慣れていようとも、大門内では勝負にならなかった。

「出てこないのか」

「西田屋甚右衛門は、出てきませんでしょう。向こうも馬鹿じゃございませんからねえ。出てくれば、命がないことくらいわかっていますからね」

昼兵衛が語った。

「西田屋甚右衛門はあきらめなければならぬか。となれば、狙うは中山……」

「…………」

無言で昼兵衛が首を縦に振った。

「斬るか」

新左衛門が口にした。

「腹立たしいのは同感でございますがね。さすがに町方同心を斬るわけにはいきませんでしょう」

「ではどうする」

「小者には小者らしい方法がございまする」

昼兵衛が告げた。

三

与蔵が持ち帰った帳面を開いた西田屋甚右衛門が頬を緩めた。

「新町の武藤屋に、駿河町で千五百石を取る一柳さま、麴町の高松屋か。妾一人にこれだけの金を払えるんだ。こいつら全部を馴染みにすれば、西田屋を大見世へと戻せよう」

満足そうに西田屋甚右衛門がうなずいた。

「よくやったね。与蔵」

「へい」

褒められた与蔵が頭を垂れた。

「きみがてて、ようがそろそろと……」

与蔵がようの望みを伝えた。

「そうだねえ。帳面がなくなったことはすぐに知られるはずだ。となれば、なかにいる女が疑われるのは道理だ。わかった、もう一つだけさせたら、吉原へ戻そう」

西田屋甚右衛門が首肯した。

「なにをさせやすか」

「そうよなあ……」

西田屋甚右衛門が口を開きかけたのを、横からの声が遮った。

「その帳面、こちらにも見せていただきたい」

あれ以来、毎日西田屋へ集まっている楼主の一人であった。

「さようでございまする。妾屋の顧客帳面。我らにとって、まさに宝の山。それを独り占めされるのは、いかがなものでございましょう」

別の楼主が賛同した。

「………」

要求に西田屋甚右衛門が黙った。

「きみがてては、我らに金を儲けようと声をかけられた。ゆえに、我らはきみがてにつきました」

最初の楼主が迫った。

吉原は二分していた。惣名主である西田屋甚右衛門を盟主と仰ぐ一派と、三浦屋四郎左衛門を頭とする者たちである。西田屋甚右衛門に与《くみ》した者は、吉原では小見世に入る者ばかりで、太夫を抱える大見世はすべて、三浦屋四郎左衛門側にいた。いや、最初は西田屋甚右衛門についた者も日を重ねるにつれて減り、片手で数えられるまでになっていった。

「わかった。一日待たれよ。明日には、この写しを須藤屋さんに渡しましょう」

西田屋甚右衛門が折れた。

すでに力を失った西田屋甚右衛門である。ものでつらなければ、明日にも勢力は瓦解しかねなかった。

「頼みましたよ」

「次はわたくしに」

「いや、わたくしが」

須藤屋が念を押し、別の楼主が順番を奪い合った。

「くじでも引かれればよかろう」

うるさそうに西田屋甚右衛門が言った。

「さて、目的の顧客帳面も手に入りました。いよいよ、妾屋に鉄槌を下すときが来ました」

西田屋甚右衛門が口調をあらためた。

「…………」

言い争っていた楼主たちが、西田屋甚右衛門へ注目した。

「それぞれの見世から忘八を二人ずつ出してもらいます」

「二人もでございますか。うちのような小見世で、二人も忘八がいなくなれば、お客の対応に事欠きます」

若い楼主が抗議した。

「見世を大きくできるかどうかの好機を逃す気ですか。吾妻屋さん」

西田屋甚右衛門がじっと若い楼主を見た。

「それは……」

吾妻屋が口籠った。

「出せないならば、お一人でもけっこう。その代わり、もらえるものも半分となりますよ」

「半分……」

「当たり前でしょう。出した分だけ配当は増えるのが世の決まり」

「……わかりました。二人出しまする」

押しこまれて、吾妻屋が受け入れた。

「なにをさせるので」

須藤屋が問うた。

「山城屋に火を付けまする」

「なにを……」

「げっ……」

策を告げられた楼主たちが驚愕した。

「火付けは大罪でございますぞ」

顔色を白くした須藤屋が西田屋甚右衛門へ食い下がった。

「ばれなければ、よいのでございますよ」

西田屋甚右衛門が平然と答えた。

「誰かに見られでもしたらどうすると。吉原の忘八だとわかれば、大門内には手出ししないという約定など吹き飛びますぞ」

須藤屋が強く断じた。

「忘八が火を付ける……わたくしはそのように申しておりませんよ」

「えっ……」

肩すかしを喰らった須藤屋が唖然とした。

「火は、山城屋から出るんです。忘八たちは、山城屋に残されているだろう女たちを救うために行くわけで。ただ火事場では、どのようなことが起こってもおかしくはございません。焼け跡から山城屋と用心棒が死んで見つかっても……刃物の跡など焼けてしまえば、わかりませんからねえ」

「………………」

「……ごくっ」

その場にいた楼主たちが唾を呑んだ。

「そのうえ、あのあたりを縄張りにしている町方は、吉原の味方でございますから。ご安心をいただきましょう」

西田屋甚右衛門が胸を張った。

「火付けがどうして金儲けに……」

吾妻屋がわからないと問うた。

「山城屋が焼ければ、他の妾屋たちも思い知りましょう。吉原の決意をね。折れなければ、一家全滅。膝を屈するしかない。そうすれば、江戸中の妾屋の顧客帳が手に入るのです。そこに書かれている顧客のなかには、御三家どころかご老中もいるはずです。それを利用すれば、なんでも我らの要求はとおりまする。江戸中の岡場所と、品川、内藤新宿、千住、板橋の宿を吉原の下に付けさせるなど容易。江戸の岡場所はわたくしがいただきますが、須藤屋さん、あなたは品川を、沢屋さんが板橋を、吾妻屋さんが内藤新宿を取り仕切られればいい」

「品川を……」

「……内藤新宿」

楼主たちが呟いた。

四宿と呼ばれる江戸近郊の宿場は、町奉行所の管轄ではなく、関東郡代の支配下にあり、遊郭への規制がなかった。一応、江戸に近いため遊郭という名を使ってはいなかったが、何十という遊女屋が乱立していた。

「見世の揚がりだけを考えれば、今より多いはず」

染みいるように西田屋甚右衛門が語った。

「…………」

目の前にえさをぶら下げられた楼主たちの表情が変化した。

「忘八二人で、品川が手に入るならば……」

「罪の軽い者を二人出せば、さしたる問題にはなるまい」

楼主たちが西田屋甚右衛門の指示に従った。

「いきなり今日というわけにはいかぬであろう。だが、のんびりしていて、せっかく潜りこませた駒が取り除かれては意味がない。決行はできるだけ早いうち。雨が降っては困るので、晴天の夜。それでよろしいな」

「けっこうでござる」

「承知いたしました」

口々に楼主たちが同意を告げた。

「では、おさおさ準備に怠りなきよう」

西田屋甚右衛門が、手を振った。

将来の儲けを皮算用しながら、楼主たちが出て行った。

「きみがてて」

皆がいなくなるのを待っていた与蔵が、顔をあげた。

「ように火付けをさせるおつもりで」

「……そうだ」

与蔵を見下ろして西田屋甚右衛門が首肯した。

「それはいけやせん」

西田屋甚右衛門を見つめたまま、与蔵が反対した。

「吉原は、女でもっておりやす。女の身体で金を稼ぐのは吉原の業。ですが、女を道具に町屋を襲うなど……」

「黙れ。金で買った以上、女は道具。男の閨で泣かそうが、火付けの道具として使おうが、わたしの勝手だ」

西田屋甚右衛門が怒鳴りつけた。

「たしかにさようではございますが、江戸中の遊女の父であるきみがててのなさることではございませぬ。いや、他の誰がしても、きみがててだけは、なさってはいけません」

「わたしに意見するつもりかい」

氷のような目で、西田屋甚右衛門が与蔵を睨みつけた。

「そんなつもりは……」

「勤めていた店の娘に手を出し、見つかりそうになったら金を盗んで逃げる。かといって江戸を売る度胸もない。売れるはずもない。越後屋の手代でございと胸を張れたのは、後ろ盾があったからだ。その後ろ盾に後足で砂をかけては、どうしようもない。金がある間は生きていけても、なくなれば明日の米さえ手に入れられない。助けてくださいと言って泣きついてきたのは、誰だ」

「…………」

与蔵が黙った。

「忘八というのは、仁義礼智忠信孝悌をなくした者との意味だ。与蔵、八のなかに、恩は入ってはいない。わかるか。忘八といえども恩を忘れてはいけないのだ」

「きみがてての恩は忘れておりません」

押し被せてくる西田屋甚右衛門へ、与蔵が頭を垂れた。

「いいや。忘れた。だからこそ、儂に意見がましい口をきけた」

「お許しを。きみがてて」

糾弾する西田屋甚右衛門へ、与蔵が詫びた。

「少し頭を冷やせ。忘八頭から降りろ。もう一度下からやり直せ」

厳しく西田屋甚右衛門命じた。

「……へい」

与蔵が承諾した。

女が主人とされる吉原で、男の地位は低い。楼主といえども、太夫には遠慮しなければならず、忘八など路傍の石と同等の扱いを受けた。

「下がれ。代わりに伍作《ごさく》を寄こせ」

「……伍作でございますか」

「聞こえたはずだ。伍作をここへ」

「ただちに」

不服そうな表情を押し殺しながら、与蔵が下がった。

「きみがてて、お呼びだそうで」

代わって伍作が顔を出した。

「今から、おまえが頭だ」

「へい」

事情いっさいを聞かず、伍作がうなずいた。

「今から話すことは、他言無用だ」

「ご安心を。忘八は死人でござんす。死人が口を開くことはございやせん」

伍作が宣した。

「まず、蟻の這《は》い出る隙間がないように山城屋を囲め。その後ようを呼び出せ。火付けに恐れて逃げ出すかも知れぬ。ように伝えるのは直前にしろ。ようには、この仕事さえすませたら、家に帰してやると言え。ほら、証文だ。旅費と旅手形もつけてやる」

大名の妻や娘を人質代わりに江戸へ留めていることもあり、幕府は江戸から出て行く女をとくに警戒していた。女は顔や身体つきの特徴を詳しく書いた手形を持たない限り、関所をこえられなかった。

「ようが、喉から手が出るほど欲しいものを見せつけてやれば、飛びつくだろう。そして火事だと騒ぎが起こったら……」

西田屋甚右衛門が計画を告げた。

「承知いたしやした。忘八どもを指揮して妾屋へ飛びこみ、混乱に乗じて山城屋とその用心棒を片づければよろしいのでございますね」

「他の妾屋への見せしめだ。できるだけむごたらしくするようにな」

「お任せくださいやし」

伍作が承諾した。

「もう一つ。忘れてはいけないよ。火を付けた者の始末もだ。吉原にいる者は信用できる。ここしか居場所がないからね。だが、出てしまえばどうなるかわからないだろう。女は口が軽いからね」

「……へい」

一瞬だけ逡巡した伍作だったが、首肯した。

昼兵衛はまず、桶屋の辰のもとへ足を向けた。

「てめえ。よくも顔を出せたな」

辰が昼兵衛の顔を見て、震えた。

「用事がなければ、来ませんよ」

最初から喧嘩腰な辰に、昼兵衛が嘆息した。

「吉原の太夫見物に行くなら、百里の道も厭《いと》いませんがね」

「……なっ」

吉原と言われた辰が動揺した。

「やはり知っていましたね」

「な、なにがだ」

辰がとぼけた。

「看板背負ってない吉原の忘八が、うろついていることを」

「し、知らないな」

辰が横を向いた。

「そうでございますか。では、この話は炭屋の親方に持っていくとしましょう」

昼兵衛がきびすを返した。

「待ちやがれ」

あわてて辰が止めた。

炭屋の親方とは、辰と浅草を分け合っているもう一人の御用聞きである。辰と違い、炭屋鶴兵衛の評判はすこぶるよかった。

「なにか、まだ御用でも」

昼兵衛がとぼけた。

「吉原の忘八が、看板なしでこのあたりをうろついたとあっては、この桶屋の顔が潰れる。だからといって噂だけで、吉原に問うわけにもいかねえ」

「調べるだけのときが欲しいと」

昼兵衛が水を向けた。

「そうだ。そうそう簡単に動いていい問題ではないからな」

あからさまにほっとした顔で、辰が言った。

「はい」

首肯して数歩進んだ昼兵衛が足を止めた。

「そうそう。言い忘れておりました。証拠がないとのことでございましたがね。あるのでございますよ」

「な、なにっ」

辰が驚愕した。

「わたくしの店に刃物を持って暴れこんできた忘八を捕らえまして、吉原の会所に届けておきました」

昼兵衛が暴露した。

「馬鹿野郎。なんで、儂のもとへ連れてこなかった」

「口封じされては困りますからな」

淡々と告げて昼兵衛は、ふたたび歩き出した。

「……このまま置いておくわけにはいかねえ。中山の旦那に報せなければ」

昼兵衛の背中を睨みつけていた辰が、八丁堀へと走った。


八丁堀は、江戸城大手門からも近い。家斉と十一代将軍の座を争った奥州白河藩主松平越中守定信の上屋敷もあるが、その多くは町方与力、同心などの組屋敷で占められている。そこから町方同心のことを八丁堀と呼称するようになった。

「なんだと」

見回りを終えて屋敷でくつろいでいた中山が、辰の報告に息を呑んだ。

「捕まえた忘八を、吉原会所に渡しただと」

「たしかに、山城屋はそう申しました」

手札をくれている旦那の前では、浅草の顔役といえども小さくなるしかない。辰が首をすくめながら、答えた。

「まさか、吉原へ連れて行くとはな。捕まる忘八がいても、番所へ突き出すか、ひそかに始末を付けるかだと踏んでいたのだが……」

中山が難しい顔をした。

「吉原会所ならば、表沙汰にはいたしませんでしょう」

辰が中山の顔色を窺った。

「表沙汰にはな」

苦虫を嚙み潰したような表情で、中山が続けた。

「看板を背負わずに大門から出た。それは、死人が墓場から蘇《よみがえ》ったに等しい。死人をどうしようが、大門外ならば、誰も文句をつけないが……一度大門内へと戻れば、死人は生き返る。生き返れば、証人になってしまう。吉原のなかだけとはいえ、証人として使える」

「誰の証人でござんすか。吉原のなかならば、皆仲間でございましょうに」

辰が首をかしげた。

「吉原も一枚岩ではないのだ。先祖の功で吉原を牛耳っている西田屋甚右衛門への反発がある。見世の規模でいけば、西田屋は中程度でしかないのだ。太夫もおらず、大名や豪商など、名のある客も少ない。見世を発展させるどころか、維持さえできなかった商売下手に、太夫を五人から抱え、今や伝説となった紀伊国屋文左衛門ら粋人たちから支持された三浦屋たちが押さえつけられる。納得いくまい。吉原の名をあげたのは、太夫だ。決して西田屋の先祖じゃねえ」

「ですが、吉原を作ったのは西田屋甚右衛門の先祖でございましょう」

「作ったというのはまちがいだ。西田屋の先祖庄司甚内がしたのは、江戸の遊郭をまとめて幕府から茅場町に土地をもらったこと。だが、その土地は取りあげられ、吉原は浅草田圃へと飛ばされた」

一息入れて、中山が続けた。

「……………」

「わからねえか。庄司甚内の功績は、その子か孫が帳消しにしてしまったんだよ」

「帳消しでござんすか……」

辰が怪訝な顔をした。

「まだわからねえか。日本橋茅場町の土地だ。神君家康公のお許しで与えられた土地を、ときの老中たちから迫られたとはいえ、返してしまった。これが、どういうことかわかるか」

「すいやせん」

申しわけなさそうに、辰が頭を下げた。

「情けねえ。いいか、土地は神君から拝領だ。それを取りあげることは、今の将軍家でさえできない」

幕府を開いた家康は、神として君臨している。いかに将軍とはいえ、神のしたことに異を唱えるわけにはいかなかった。

「あっ……」

辰が手を打った。

「わかっただろう。神から与えられたものを返せるのは、その者だけ。そう、ときの吉原惣名主だ。そいつが老中たちの脅しに屈して、茅場町を返してしまった。そのおかげで吉原は、浅草田圃へ移され、客足が遠のいた。一時は、客足が途絶えて、閑古鳥が鳴いたともいうぞ。その吉原を盛り上げたのは、三浦屋、卍屋、蔦《つた》屋など、今太夫を抱える大見世たちだ」

「なるほど。吉原には、西田屋の支配をよしとしない連中がいて、そいつらのほうが、力を持っている」

「そうだ」

中山がうなずいた。

「いいか、看板を背負わずに大門を出た忘八は、西田屋の者。そして会所は、三浦屋四郎左衛門のもの」

「吉原のなかで、西田屋甚右衛門排斥の動きが始まると」

「おそらくな。それを山城屋が演出しやがった。恐ろしい野郎だ。ここまで読みきって、忘八を吉原まで運んだ」

感心しながらも、中山の手は強く握りしめられていた。

「こいつは、手の引きどころかも知れねえな」

「旦那……」

「そんな顔をするねえ。吉原からの金はなくなるが、命には代えられねえだろう」

中山が首を振った。

浅草に近い吉原は、逃げ出した遊女の捕縛などでかかわることの多い、浅草界隈の顔役に、かなりの金を撒いていた。

「降りた」

中山が強い声を出した。

「帰れ。おいらは今から行かなきゃいけねえところがある」

冷たく中山が辰へ告げた。

「お供を……」

「要らねえ。すぐそこだからな。年番方与力さまに次第を報告する。他から話が聞こえる前に、つごうよく変えて耳に入れておかなきゃなんねえ。こちらに火が回らねえようにするためにな」

中山が手を振った。

月の晦日《みそか》は新月と決まっている。

「今月のお支払いでございまする」

晦日は仕事を継続している用心棒への支払日でもあった。

「……たしかにちょうだいした」

山形将左が、無造作に数枚の小判や一分金などを懐にしまった。

「で、山形さま、あの話はお受けいただけますか」

昼兵衛が問うた。

「八重どのの警固だろう。任せてくれていい」

「ありがとうございまする」

「かたじけない」

引き受けると言った山形将左へ、昼兵衛と新左衛門が礼を述べた。

「あらたまってくれるなよ」

山形将左が照れた。

「妾番ならぬ、女房番だな」

「それは違いますよ、山形さま。まだお二人は夫婦の約束をかわしておりませんので、正しくは好いた女番で」

昼兵衛が笑った。

「好いた女番か。それはいい」

山形将左も声をあげて笑った。

「…………」

一人新左衛門が憮然《ぶぜん》とした表情をした。

「男がすねてもかわいくないぞ。さて、拙者は失礼しよう」

用はすんだと山形将左が腰をあげた。

「今から吉原でございますか」

「いいや。吉原は明日行く。明日は朔日《ついたち》だ。紋日だからな、二人を買ってやらねばならぬ」

山形将左は、吉原で二人の馴染みを持っていた。

「たいへんでございますね。吉原通いも。紋日は揚げ代が倍、それに見世の忘八や遣り手婆などに渡す心付けも多めに出さなければならない。さらに太夫ともなると、妹女郎に付き人の禿、揚屋の女将に男衆と心付けを配る相手が一気に増える。一回で十両どころか二十両はかかりましょう。それだけあれば、一軒構えて、妾を囲い、面倒を見させる女中まで雇えますな」

昼兵衛があきれた。

「その代わり、いつ捨てても文句は言われない。吉原の遊女との約束は、守らなくてもいいからな」

山形将左がなんとも言えない顔で言った。

遊女は売りものの買いものの商品であった。つまり客に買われる立場である。なにかを強請《ねだ》っても、強制はできなかった。

「じゃあな」

手をあげて山形将左が出て行った。

「お聞きになりましたか」

「山形氏の事情か」

「はい」

「奥方が、今はどこかの藩主公の側室だということだけだが」

新左衛門は吉原への行き帰りに聞いた話を思い出した。

「だからかも知れませんね。女と身体は重ねても、それ以上踏みこまない」

昼兵衛が嘆息した。

「だが、情に厚いぞ。吉原の遊女のために命がけで働いているようなものだ」

「哀しいことで」

二人が山形将左の出て行った暖簾を見ながらしんみりとした。

「戻りました」

暖簾が揺れて、ようが入ってきた。

「買いものはできたかい」

「……はい」

問うた昼兵衛へ頭を下げ、そそくさとようが二階へ上がっていった。

「おかえりなさいませ」

二階では八重を中心に妾奉公を望む女二人が、針仕事をしていた。

「…………」

挨拶を返すことなく、ようが隣の部屋へと消えた。

「嫌な女だねえ」

二人のうち豊かな身体つきの女が頬をゆがめた。

「本当に妾をする気があるのかね。なにか、違うね、ようさんは」

痩せ気味の女が同意した。

「いけませんよ。他人の悪口は」

やんわりと八重がたしなめた。

「さあ、ここが肝心ですよ。袖口は、すぐに布が傷むので……」

八重が二人の意識を縫いものへと引き戻した。

しきりの襖を閉めたようが、袖から煙草入れを取り出した。

「…………」

なかには煙管と煙草の代わりに、火のついた火縄と小さく砕いた炭が入っていた。

「まずは炭を夜具の下に入れて……」

ようは火付けを命じた伍作の指示を独り呟くようにして、確認していた。

「火縄の火を炭に移して、その上から夜具をかぶせ、火が夜具に移ったら、わたしはここを逃げ出す。外で待ってる伍作さんから借財の証文を返してもらい、そのまま国へ帰ればいい」

懐に手を置いたようは、渡された紙入れを押さえた。

「田舎へ帰るだけの旅費と旅手形は先にもらった。わたしは、これで苦界から離れられる。もう好きでもない男に抱かれなくとも、客がつかないからといって食事を抜かれることも、なくなる」

ようが震える手で炭を置き、火の付いた火縄に息を吹きかけ、勢いを増してから載せた。

「……帰れる……」

紅くなった炭に、ようが夜具をかぶせた。

この作品は書き下ろしです。

妾屋《めかけや》昼兵衛《ちゅうべえ》女帳面《おんなちょうめん》六

遊郭《ゆうかく》狂奔《きょうほん》

上田秀人《うえだひでと》

平成26年3月10日　初版発行

発行人――石原正康
編集人――永島賞二
発行所――株式会社幻冬舎
〒151-0051東京都渋谷区千駄ヶ谷4-9-7
電話　03(5411)6222(営業)
　　　03(5411)6211(編集)
振替00120-8-767643
印刷・製本―株式会社　光邦
装丁者――高橋雅之

幻冬舎時代小説文庫

ISBN978-4-344-42168-4　C0193　う-8-7